科幻文学
群星榜

华语实力科幻作品
群星奖大满贯

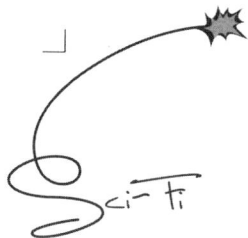

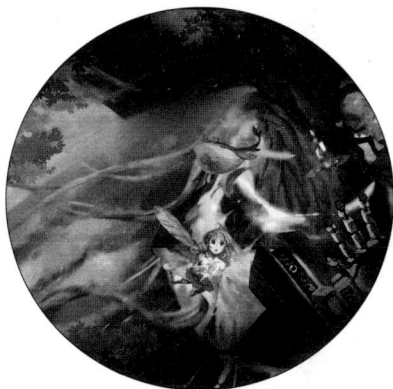

Sci-Fi

蛹唱

迟卉——著

山东教育出版社

图书在版编目（CIP）数据

蛹唱 / 迟卉著 . — 济南：山东教育出版社，
2021.6
（科幻文学群星榜）
ISBN 978-7-5701-1501-3

Ⅰ.①蛹… Ⅱ.①迟… Ⅲ.①幻想小说－中国－当代
Ⅳ.① I247.5

中国版本图书馆 CIP 数据核字（2021）第 264741 号

YONG CHANG

蛹唱　　　迟　卉　著

主管单位：山东出版传媒股份有限公司
出版发行：山东教育出版社
　　　　　地址：济南市市中区二环南路 2066 号 4 区 1 号　邮编：250003
　　　　　电话：（0531）82092600　　　网址：www.sjs.com.cn
印　　刷：三河市冠宏印刷装订有限公司
版　　次：2021 年 6 月第 1 版
印　　次：2021 年 6 月第 2 次印刷
开　　本：880 mm×1300 mm　1/32
印　　张：8.5
印　　数：1—10000
字　　数：195 千
定　　价：29.80 元

想象新时代

　　《科幻文学群星榜》是由中国科普作家协会科幻专业委员会联合其他科幻组织，共同推出的一套科幻书系。这是一个规模庞大的工程，目前来看也是独一无二的工程，基本囊括了中华人民共和国成立以来老中青几代具有代表性的科幻作家的佳作。这些作家以年龄看，最早的是20世纪20年代出生的，最晚的是"90后"。

　　这套书系的出版，恰逢中华民族实现第一个百年目标——全面建成小康社会。因此，它呈现了百年未有之变局中，中国人对一个崭新时代的想象。随后陆续推出的作品，还将伴随中国迈进基本实现现代化的伟大进程。

　　科幻文学作为一种年轻的文学品类，本身就是现代化的产物。1818年，世界上第一部科幻小说《弗兰肯斯坦》诞生在第一个实现产业革命的国家——英国。此后科幻文学在法国、美国、日本等工业化国家繁荣起来，进入蓬勃发展的黄金时代。科幻作品反映着科技时代人类社会的变迁和走向，反思当代人类面临的多重困境，力图打破所谓世界末日的预言，最终描绘出一个五彩斑斓、生机勃勃的新未来。

　　如今，地球上正在发生的最具"科幻色彩"的事件之一，便是中国的崛起。这个进程不仅改变了这个文明古国的命运，也影响着全人类的走向。中国奇迹般地成了拉动世界经济增长的有力引擎。人类历史上首次十亿以上人口的国家将要集体迈入现代化的门槛。中国科幻文学正是中华民族伟大复兴进程的见证者、参与者与推动者。

早在20世纪初，中国的一些有识之士便把科幻作品译介进来，掀起了第一次科幻热潮。它承载起"导中国人群以行进""改变中国人的梦"的使命。20世纪50-60年代，随着中国自己的工业和科技体系的建立，科幻作家们以满腔热情擘画了一个欣欣向荣的新世界。1978年改革开放后，中国再次向现代化进军，科幻迎来新的勃兴。作家们满怀豪情地书写科学技术为实现现代化、为谋求人民的幸福生活所创造出的神奇美景。进入21世纪，尤其是随着新时代的来临，这个文学门类也进入成长的新阶段。随着《三体》等作品的问世，中国科幻迎来了新一轮热潮。作家们描绘着古老的中华民族在实现全面小康和建成现代化强国的过程中所面临的新机遇、新挑战，谱写着中国走向世界、步入太阳系舞台中央并参与宇宙演化的新篇章。

科幻文学的发展折射着中国国运的巨大变迁。当今，海内外不同领域的人们对中国的科幻文学的空前关注，实际上是关注中国的未来，关注世界第二大经济体将如何持续演进，关注14亿人的创造力将怎样影响乃至重塑这个星球。从现实意义上来说，这套书系不但包含这些丰厚的信息，而且集中梳理了新中国科幻文学取得的辉煌成就，整理出新中国科幻文学发展的宽阔脉络；从一个特殊的侧面，还反映了中华民族从站起来、富起来到强起来的进程，见证中国走向更加灿烂辉煌的未来。

这套书系具有以下三个特点：

一是权威性。它由中国科普作家协会科幻专业委员会主持编选，并与国内多个科幻组织合作，其中包括得到了中国科普作家协会科学文艺专业委员会、科幻世界杂志社、南方科技大学科学与人类想象力研究中心、未来事务管理局、八光分文化、重庆钓鱼城科幻中心等的鼎力相助。编者从中华人民共和国成立以来的海量科幻文学作品中，精选出足以体现时代特征的作品。收入书系的作者，涵盖了雨果奖、银河奖、星云奖、晨星奖、光年奖、未来科幻大师奖、引力奖、水滴奖、冷湖奖、原石奖、坐标奖、星空奖等中外各类科幻大奖的获得者。

二是系统性。它收集了中华人民共和国成立以来不同时期作家的代表作。作者中有新中国科幻奠基者和老一代作家如郑文光、童恩正、萧建亨、刘兴诗、潘家铮、金涛、程嘉梓、张静等，也有改革开放后崛起的新生代作家刘慈欣、王晋康、何夕、韩松、星河、杨鹏、杨平、刘维佳、赵海虹、凌晨、潘海天、万象峰年等，以及以"80后"为主体的更新代作家陈楸帆、飞氘、江波、迟卉、宝树、张冉、程婧波、罗隆翔、七月、长铗、梁清散、拉拉、陈茜等，还有在21世纪崛起的全新代作家杨晚晴、刘洋、双翅目、石黑曜、王诺诺、孙望路、滕野、阿缺、顾适等，从而构成比较完整而连续的新中国科幻光谱，是对中国科幻文学发展历史的一次系统检阅。

三是丰富性。它比较全面地展现了广域时空中新中国的科幻生态和创作风格。这里面既有科普型的，也有偏重文学意象的；既有以自然科学为主体的核心科幻，也有侧重社会现象的"软"科幻；既有代表科幻未来主义的，也有反映科幻现实主义的；既有传统风格的写法，也有实验性质的探索。作品的主题涵盖了中国科技、社会、文化和民生的热点。从中可以看到，一个曾经积弱的民族，如今正活跃在地球内外、大洋上下、宇宙太空、虚拟世界、纳米单元、时间航线、大脑意识等各个空间。这里有中国政府和人民引领抗击全球灾难的描述，有脱贫的中国农民以新姿态迈出太阳系的故事，也有星际飞船和机器人在银河系中奏唱国际歌的传奇。

这套书系力求构建起一个灿烂的星空，并以此映射人们敏感而多样的心灵。爱因斯坦说，想象力比知识更重要。科幻是相伴人类发展进步而产生的新兴事物，是一个民族想象力的集中反映，是科技创新的艺术表达，在人们面前呈现出一幅幅奔向明天、憧憬和创建未来的美好画卷。许许多多杰出的科学家、工程师和企业家，在年轻时就受到科幻文学的熏陶和影响，因此走上了创造神奇新世界的道路。中国正在稳步建设创新型国家，需要更多富有创造力的人才脱颖而出。科幻文学也肩负着实现中国梦的责任，在点燃青少年科学梦想、激发民族想象力和创造力方面，起着不可或缺的作用。

这套书系将为广大读者尤其是年轻人打开中国科幻和未来世界的门户，有助于人们拓宽视野、开阔思想、激发灵感、探索未知、明达见识。它也将进一步促进中外科幻、科技、文化和文明的交流，为人类的共同发展做出中国的一份独特贡献。

中国科普作家协会科幻专业委员会

2020年10月1日

创作谈

这本书里的每一个故事都曾经数易其稿，《蛹唱》更是格外地艰难。在写作和反复修改的过程中，我无数次地怀疑，无数次地质问和退缩，又无数次地尝试着。

那是一段沉默又阴暗的日子，而我恰巧住在一个很少看见太阳的城市，甚至要打开电脑，在游戏里寻找纯蓝色的天空。

写。

有个声音说。

然而我只想去睡觉，忘掉麻痹自己的食物、娱乐和信息，躺倒在花丛和阳光之下沉沉入睡。

写。

那个声音仍然不肯放弃。

虽然我并没有什么可以写的，但我还是继续写了下去。我不再相信自己能够写出什么东西来，因为我住的地方既没有花丛也没有阳光。

即便如此，我也只能写下去了。

空桌面、花瓶和花、阳光；和信任的人闲聊、拥抱、读书；身体冥想、睡够、暖和。自然早起、分享食物、睡短的午觉、工作、吃鱼、吃沙拉、学习……

　　琐碎的事情不停地流过，写作就像是河流中小小的冲积岛，一边被生活磨蚀，一边在时光带来的泥沙中慢慢积累。我不得不习惯一个全新的电脑输入软件，令我惊讶的是，我适应得是如此之快。

　　事实上，我渴望输入，手指在电脑和键盘上飞舞的感觉，是我最渴望的事物。

　　我必须写。

　　这一点让我笃定了很多。

　　我想要写。

　　思想追逐着思想，在纷繁中寻找定数，在旷野中寻找道路，在虚无中寻找方向，在黑暗里寻找去处。

　　写。

　　情感和爱，尖叫和沉默。

　　当我关闭电脑，起身出门的时候，太阳出来了。阳光穿过破碎的云层，落在马路旁的矮松上，在枝叶下方形成小小的圆形光斑。

　　世界喧嚣不已，而我的耳中只有一片涌动的寂静。

　　我想写的故事里，生命很巨大，很自由，会有鲸鱼从天空缓缓落下，会有奇迹发生在没有神灵的土地上，会有来生给予没有灵魂的我们。

　　故事是要被写出来的，就像生活需要拼命去赢得。

　　故事是为你赢得的一切而唱起的歌。

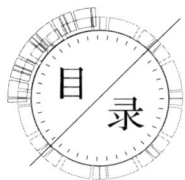

目 录

Catalogue

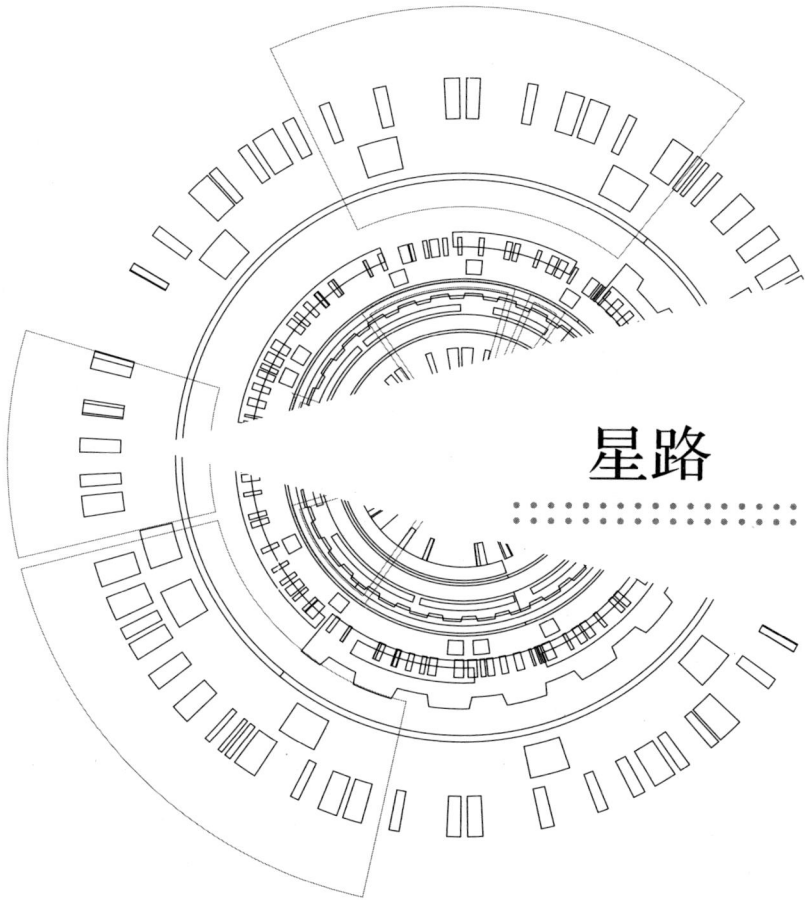

星路

0

望向天空，我们看到的正如同在大地上所见的那样。群星璀璨，而文明的火光在黑暗中摇曳。

1

张漩偷到"低语号"的时候，警笛长鸣，整个月城都像是发了疯，所有的太空港都已封闭，警察们荷枪实弹，扛着火箭筒在任何他们觉得她能起飞的地方排查。

一秒钟也没浪费，她发动引擎，打开智能控制面板，飞船从环形山底部一跃而起。当初张漩看上它就是因为这极佳的机动性能。"低语号"如同银梭子鱼一般滑溜地穿过防空火网，直奔群星深处。主控屏幕上不停闪烁的全是对她的通缉令，沿着亚空间通讯网数据流，一路从水星散播到奥尔特云殖民地。

"你这是打算去哪儿啊？"主控智能问。

她打开星图，输入路径。那是一条很长很长的星路，跨越两条旋臂，一路奔向光芒璀璨的银河系。

"去找我弟弟。"她说。

2

她和弟弟出生在地球。

他们是异卵双胞胎。父母早就起好了名字，张凯和张漩，取"凯旋"之意。但她硬是抢了个先，用了后面的字，却当了姐姐。

据父亲说，他们俩还在老妈肚子里的时候就开始打架，出生之后还没学会爬就先学会了互相抓，在学会说话之前就学会了连打带咬。上学之前这俩孩子没有一天不掐架，上学之后在学校里很乖，然后回家接着打。

其实在学校里他们也打架，不过不是互相打，是一致对外。

直到现在，父母提起往事，还是会说起他们俩打得鸡飞狗跳的那些时候，但在张漩的记忆里，更多的是她和弟弟并肩躺在学校操场上那个沙子很柔软的小沙坑里，看天上的星星。

那时候他们俩都想当探险家、当船长。他们都知道地球之外还有很多很多的星星，人类目前拥有其中的几颗，比如火星，比如戈里泽，比如天琴座。但在那之外，还有广袤无垠的星海，等待着人们去发现，去探寻。

"姐，如果你当了船长，你想要做什么？"

"我要去探索所有的星星，然后给它们都取上名字。"

"一听就是文科生。"

"文科生怎么啦？"

"文科生弱呗。"张凯不屑地说，熟练地躲过自己姐姐突然揍过来的一拳，"你就算用掉所有的名字，也没法命名所有的星星。"

"我不信。"

"我证明给你看。"男孩拿出便携终端，按了起来，"老师教过我们，两个字的排列组合是平方，三个字的是三次方。就算你把四个字的名字也用上。汉字大约有一万五千个，按照任意的排列组合产生名字，我们一共可以得到……5的后面加16个0那么多的名字。"

她哼了一声，问道："然后呢？"

"然后，宇宙中的星星是5的后面加23个0那么多。这还只是恒星。所以我们要用科学命名法，数字和编号。"男孩一挥手，"因为你得把所有的名字用上一百万次，才能命名宇宙中所有的星星。"

张漩沉默了一会儿，然后她笑了。

"所以理科生更厉害？"

"当然。"

"但是，按照你那套命名法，等你的孩子的孩子的孩子出生的时候，他就得这样对别人说，'我出生在0005765ZDX'或者'balblalbalba7z'。"她大笑起来，"而我可以告诉我的孩子的孩子的孩子，她出生在阿弗洛狄忒。你看，五个字的名字。"

张凯翻了个白眼。

张漩知道自己赢了这一局，于是抓起弟弟的手，指着天空中的星星，唱歌一样念出一长串一长串的名字："我们可以把星星叫作阿弗洛狄忒、阿波罗、贝瑟芬妮、伊利亚特……这些是希腊神话里的名字；我们还可以把星星命名为'甲虫''柳树''猫咪'；找个黑洞，把它命名为'班主任'；然后我还要找一对很亮很亮的双星，把它们命名为'凯'和'漩'，一颗是你，一颗是我。如果所有的名字都要用上一百万次，那就有一百万对双星和我们有同样的名字……哇！"

他们安静了一会儿，然后傻笑起来。

3

要想前往银河尽头，得先跌向太阳。

舷窗关闭，几万千米高的日珥投影在主控屏幕上，火焰的弧形拱门之下是翻涌不休的炽热恒星表面。"低语号"紧贴着日面掠过，银白色的螺旋星门深陷在烈焰之中，只有在空间折叠的投影里才显现出它通向宇宙另一端的路径。张漩暗自庆幸这一路没有遇到警方或者雇佣兵队伍的截击。先前布下的疑阵起了作用，他们都以为她在逃往小行星带，那里是走私犯的大本营。

跃入，跃出。

几乎所有的螺旋星门都非常接近恒星，这和重力井有关。人类从火星文明遗迹里拿来这个技术多年，虽然背后的技术原理还没有完全参透，但是，通过这种从一颗恒星到另一颗恒星的跳跃，人类已经可以在银河系中通行无阻。基于同一原理，有些科学家正在研究如何跨越银河系与其他星系之间的广袤虚空，并建立联系。据说已经有了些头绪。

张漩站在屏幕前，看着飞船的航线串起点点星光。

就在这时，飞船的主控智能开口了。

"我说，美女，你居然是个走私犯？"

她瞪着控制面板。

所有的AI（人工智能）都很无聊，进化算法赋予了他们强大的思维能力和运算能力，但它们大部分时间无所事事，除非人类找事给它们做。因此，所有的AI都是天生的八卦大师。就在他们交谈的时候，这家伙应该已经在星际网上搜索过所有关于她的事情了。

"你知道我是谁?"

"他们管你叫'影子船长',还说你几乎去过所有的非法勘探点,挖过几十种外星人的骨头。"AI发出一阵令她很不舒服的咯咯笑声,"但我想听你说。"

她叹口气,坐下来。

长路漫漫,眼下除了跟这个讨嫌的主控智能聊天,也没别的事情可做了。

"我是个非法的遗迹发掘者。"她说,"但以前不是。"

4

十九岁,她和弟弟同时考上了宇航学院。他们一起受训,六年后一起毕业,同一批成为开拓船的船长。

又过了两年,姐弟俩分道扬镳。

这之前张漩早有预感,只是没想到这一天来得如此之快。和过去一样,他们总是争吵,甚至有时候会发生肢体冲突。从很小的小事到原则问题,姐弟俩处理事情的风格相似,但选择的结果总是截然不同。

最终导致两人形同陌路的,是一条新颁布的法律:

> 所有对异星文明废墟的发掘及对其科学技术的研究,都只能由星盟的法定机构进行,除此之外的一切探索活动,无论私人或者商业,都会被禁止。

这条法律看似无理,但事出有因。

自火星遗迹被发现起，人类已经先后发掘了数十个异星文明的遗迹，而这些旧时代文明留下的技术使得人类文明突飞猛进，一路奔向群星时代。

但这些文明如今都已消亡。

每一处遗迹都大同小异，不同的文明或兴起于数千万年前，或繁盛在第一代恒星初放光芒的时代。但智慧盛开的时间极短，从技术和科学的诞生到整个文明消失于时间长河深处，至多不过万年。很多文明在兴盛几千年后便已消亡，有些毁于战火，有些毁于生态灾难，有些就只是神秘地消失了。

虽然银河系中生命的痕迹处处可见，但人类从未遇到过和我们同存于世的智慧生物。文明就像是暗夜中的萤火，短暂地亮起，旋即归于沉寂。

"……我们的整个文明，只有21秒。"张漩说，"把宇宙的寿命浓缩到一年，那么人类文明的时间只是这一年中的21秒，其他的文明也差不多在21秒后就消失了。几乎所有的废墟都是同样的年代长度。不管诞生在几亿年前还是几千万年前，现代文明加速崛起的特性注定了它无法持续一万年以上。"

"所以呢？"她的弟弟懒洋洋地问。

这一次是她在罗列数字，而不是他。他们总是这样，互换角色，却从来不会停止争辩。

"所以我们不太可能遇到别的星际文明。"她说，"宇宙太大，时间太漫长。虽然说有一千万颗能够孕育生命的行星，但文明本身是随机诞生的，可能在这一刻，也可能在一亿年后。根据概率计算，在某一时刻，银河系很可能只有一个文明，甚至一个文明都没有。我们是孤独的，不是在空间上，而是在时间上。"

张凯眯着眼睛，和过去一样孩子气地笑着："曾经有个人被雷劈过七次，所以我相信小概率事件是会发生的。"

"所以你要去犯蠢。"

"所以我要去寻找生命的信号。而你,老姐,你就钻在那些坟墓和墓碑中间去挖掘古代文明吧,我更喜欢展望未来。"

"那些古代文明是把我们带往未来的钥匙!"

"是把我们带往毁灭的钥匙!"她的弟弟寸步不让,"你还不明白吗?一个文明崛起了,然后他们做的第一件事就是去发现古代的文明,学习他们的技术,也学习了他们的错误。第一个文明夭折是因为愚蠢,而后面每一个文明都亦步亦趋地跟上!这才是那些文明短命的原因,不是因为他们发现了什么技术奇点,或者飞跃到了我们无法理解的层面,或者超新星大爆发……而是因为他们模仿了前人太多,最后埋葬了自己!星盟禁止发掘那些古代废墟是有原因的!"

"原因就是官员们目光短浅!如果我们没发掘火星废墟,你和我现在还在地球上种地呢!"

"哦,你不会去种地的,姐姐,你太聪明了。你会去盗墓!"

交流到此结束,剩下的就只是高声谩骂、声嘶力竭的叫喊、挥舞的手臂以及涨红的脸,她不记得自己和弟弟都吵了些什么,只记得第二天早上他们各自离去。

她从开拓舰队辞职,去了一个私人公司,以合法的名义非法地偷偷挖掘那些古代废墟。她渐渐在走私者和非法勘探者中间闯出了自己的声名。

姐弟俩之间整整六年没说过一句话。直到某天,她出航归来,发现弟弟在港口等她。

"姐,我需要你帮忙。"他说。

她看了弟弟一眼。张凯看起来憔悴不堪,她从未见过他这般狼狈。

"怎么了?"她问。

5

在张漩发掘了十一个不同的异星文明废墟之后，她的弟弟发现了星路。

他们整整六年没说过话，但总是赌气地将彼此的发掘内容或研究成果发往对方的邮箱。在整理张漩发来的那些异星文明数据，并和公开勘探的遗迹记录对比时，张凯找到了一个几乎所有的文明都曾经拜访过的星域。

就在某片暗星云深处。

"我有证据。"他说，"我有证据证明，那儿有一个异星文明，不是曾经存在，而是现在还在。"

后来，张漩总是想起那天，她和弟弟坐在空港的咖啡馆里，谈及那片星云以及里面孕育着的群星。

"他们在这里播种恒星。"张凯说，"看到这张星图了吗？流浪者文明。五十亿年前，这个星域的气体云密度很低。而这一张——"他拿出另一幅星图，来自张漩发掘的一个遗址，"星云密度已经很高了，而且里面有了星胚。然后是这一张——"第三张图被放在桌面上，"看看这些曲线，是不是很熟悉？"

她认得这个螺旋形的结构，就像是将飞船送往星空彼方的那些银白色的螺旋星门，只不过这座星门大得多，而且大得难以想象，它不是用小小的重力翘曲装置建造的，而是用恒星本身。

在星团内部，一颗大质量恒星和周围四颗年轻的小质量恒星以非常特殊的轨道相互绕转，而被恒星引力搅动的星云构成了以高强度纤维搭设的牵引轨道，正渐渐将重力井扭曲成一个复杂的分形螺旋——空间折叠式星门的基本构架。

"这个东西不可能是自然形成的，只可能是文明的建造物。它还没完成，但是快了，再过一亿年就差不多了。一亿年，对宇宙和真正的文明而言是很短的一段时间。"张凯的目光闪烁着狂喜，"想想看，它会通往什么地方？"

银河系之外。她明白，或许也是本星系团之外，通往可见宇宙的边缘。和人类使用的那些小型星门相比，这座星门的规模是它们的一千亿倍，当它完成之后，整个宇宙，甚至是可见范围之外的宇宙，都将触手可及。

她试图想象——想象那些外星人，在岁月长河里播种恒星、扭曲引力、散布气体云团，缓慢而极富耐心地修筑这样一座巨型星门。任何有这种耐心的文明都将远远超过人类的文明尺度。

"我陪你一起去。"她说。

但她终未能成行。张凯的研究被视为旁门左道，无人相信。由于他提供的研究证据来自禁止勘探的外星废墟，警方盯上了他。张漩不得不为弟弟引开警察，让张凯开着她的飞船"长弓号"去寻找那条星路。

张凯一去不归。

6

"目的地已到达，切换为人工控制模式。"

张漩揉着眼睛站起身来，伸了个懒腰。

这一趟深空飞行的距离在她意料之外，幸好弟弟在穿过这些恒星的时候，有沿路放下星门和道标，给她节省了不少时间。眼下，这个有五颗恒星的聚星系就在舷窗外，在淡蓝色巨大恒星光芒下，那几颗红色的恒星居然显得异常孱弱，被包裹在美丽的气体螺旋之中。

"本地有已经架设的星门吗？"她问AI。

"有一座。"

那应该是弟弟放下的，她想。

所有的星门都是单向的——从星门所在的恒星出发，可以抵达任意一个在三十光年半径内的恒星重力井。但想要返回出发地，或者继续出发，就必须再放下一个星门才行。她原以为弟弟是用光了飞船上的资源才无法返回，现在看起来并非如此。但是在重力如此复杂的地方，小型星门也有可能被干扰……

"再放下两座。"她说，"以防万一。"

"好的。"

很快，两团纤细的银色网状物先后脱离飞船，飘往其中一颗比较稳定的恒星。上面搭载的预设程序会让它们在合适的地方展开网格，制造出合适的螺旋重力井，由此打开通往其他恒星的道路。

"搜索到一个飞船信号。"主控智能说，"应该是长弓号。呼叫无应答。长弓号附近还有一颗小行星。更正，是若干颗小行星。"

"靠过去。"她说。

飞船对接顺利完成。张漩大步流星地冲进长弓号，一路奔向主控室。

"小凯！"她停在了门口。

张凯就坐在主控室中央，不是在椅子上，而是在地板上，围绕着他的是成千上万张快照投影。

弟弟坐在那儿，像个孩子一样发呆。手边是一盘三明治，面包已经干得开始翘起来了。"小凯！"

她提高声调又吼了一嗓子，张凯才转过头来。

"姐？"

他的声音很轻很轻，像是被吓坏了，或者发生了什么很糟糕的事情。张漩记起来了，很多年前，当那个信使把他们父母在探索中飞船失事的消息送抵家门的时候，弟弟就是那样的神情。

放慢脚步，她走过去，在弟弟身边坐下来，轻声抱怨："你一直没联系我。小混蛋。"

张凯揉揉脸颊，像是如梦初醒："我……我忘了，我一直在看这些。"

"这是什么？"

"这些……很难解释。"

"讲给我听，慢慢讲，别太抽象。记得吗？我是文科生。"

弟弟被她逗笑了一瞬间，很短暂，嘴角微微一翘："这些你也能看懂，就只是些壁画。"

张漩看向那些投影。

这些图案是刻在那些"小行星"上的。在星云里有成千上万颗这样的小行星，它们被放置在特定的轨道上，甚至被切割成特定的形状，正方体、正八面体、正六面体。这些小行星的重力非常微弱，但巨大的数量使得它们能够稳定重力井的细微结构。

除此之外，它们每一颗都是一部史书。

在这些巨岩光滑的切割面上，刻满了密密麻麻的图案，有些图案很大，有些图案很小。她辨认出一些熟悉的图案，曾在异星遗迹中见过。

利用船上的遥控勘探设备，张凯把这些图案都拍摄了下来，制作成全息投影，让飞船循环播放。

在张漩听来，弟弟的声音如同梦呓。"这儿有很多东西，我都扫描下来了，几个基地，还有一些我根本不懂的设备。但是最重要的是这些壁画——这些……记录。"

他伸出手，滑过那些照片，指向最初的那一张。上面描绘了一些奇怪的生物，它们的肢体并不对称，但看上去强大而富有智慧。壁画中的信息很容易解读，没有复杂的语言文字，就只是图画、示意和线条简单的写实画面。

"这是最初建设星门的那个种族，我把他们叫作先行者。他们来到这里，决定制造一座足够大的星门，用很长很长的时间来计划这件事。他们在这里种下了星胚，但两万年之后，他们就灭绝了。我不知道是为什么，这上面描述了，但是我没看懂，可能是战争，也可能是别的。"

张漩扬起眉，问道："那是谁在这儿工作了五十亿年？"

"不是'谁'。"他伸手指了指后面的那些扫描图片，"是'谁们'。在先行者之后过了大概五十万年，另一个文明，我把他们叫作继承者。他们发现了先行者的遗迹，找到了这里，继续先行者的工作，他们稳定了整个星云系统，星胚开始成形了。大概三千年后，一颗超新星突然爆发，他们也灭亡了。其中一些继承者留下了一颗小行星，上面刻了他们的故事。"

张漩看着那成千上万张刻在不同小行星上的壁画，觉得胸口发闷，试图调整呼吸。"这些都是……"

她的弟弟点点头，面无表情地说下去。

"这是嗜焰者文明，在继承者之后来到，我不知道是什么时候，他们增加了两个星胚来加热气体云。他们工作了六千年，然后消亡了。"

"然后是聆听者，他们来的时候，事情已经容易多了。恒星已经诞生，从远处就能看到这个星门的初级结构。对于任何能够理解螺旋星门结构的文明，它本身就是一个信标。我们没有发现是因为暗星云挡住了它。总之，他们工作了三万四千年，是坚持得最久的一个文明。"

"……赫拉和宙斯，这两个文明是最幸运的，同时诞生于银河系的两端，被各自发掘的古代文明记录所指引，来到这里。他们合作发明了用行星牵引恒星调整轨道的办法，进一步稳定了这个重力井结构。但这两个文明只并存了一千四百年，赫拉先灭亡，宙斯随之而去。"

"然后是夜影，这个文明是一个气态生命文明。他们似乎在微调星云本身，我没看懂……"

"再然后是高天原之歌，他们建设了这些重力站。在他们之后还有很多很多个文明，我给它们都起了名字……巴比伦、米拉、卡提和鸣唱者、莫狄娜、阿贡和沉默者，还有蝴蝶、闪烁之子、贝瑟芬妮和阿弗洛狄忒……没有哪个文明的寿命超过四万年，但也没有哪个文明放弃过。他们就这样一点一点地，继续把这座星门建设下去。"

投影一幕幕掠过，每张壁画上都是一个辉煌的文明。这些智慧生命被星光和历史所吸引，抵达这里，为了一个邈远的目标而努力着。

在人类发现的远古文明废墟中，即使是最大型的星门，也只能跨越一百光年远的距离。为了穿过星系之间十几万光年远的黑暗与真空，为了有朝一日能够穿过时空的门扉，离开银河系、前往无垠的宇宙深处，在长达数十亿年的时间里，这些短暂的文明之火，一代接一代地将这座超级星门建设下去。在他们之前有几千个文明曾经这样做过，在他们之后还将有几千个文明接过他们的嘱托。

这些智慧生命被时间和概率分割开来，在岁月长河中孤独地诞生，又孤独地消亡。他们建设着自己永不可能见到落成之日的星门，眺望着在自己的文明灭绝之后很久很久才会亮起的曙光。

或许，人类也将加入这个行列，而在人类之后，也还会有更多的文明抵达这里。到这座星门落成、宇宙的门扉向着银河系打开的那个时刻，这里将会有数万个文明陨落，不可计数的智慧生命尸骨成灰。

张漩靠过去，抱住自己的弟弟。就像他们还是孩子的时候那样。

"姐。"张凯轻声说，"我用光了所有的名字。"

7

"我们得走了。"

在整理了勘探记录后，张漩拽起不是很情愿的弟弟，让主控智能将在这里收集到的所有数据都打成包，等他们抵达走私者巢穴后就公布到星际网上。

她很清楚，那些古代文明留下的可不只是壁画，还有技术、数据、信息……只要这个消息公布出去，几天之内，这里就会塞满了警察、科学家、投机者和政客。而在那之前，他们走得越远越好。

张凯有些茫然地看着她忙碌，突然冒出一句话："我同情他们。"

"他们？"

"第一个文明。"他说，"先行者。"

"为什么？"

"因为他们不是银河系诞生的文明，你明白吗？他们是从更古老的星系跃迁来的。但星门是单向的，所以他们只有建造一座同等规模的星门才有可能回家。他们知道自己注定消亡，无法完成这座星门，于是就在银河系里播撒生命，让之后的一代一代……"

张漩叹口气，轻轻拍了拍弟弟的肩膀："我不这么想。"

"你怎么想？"

"想象一下，你是先行者中的一员。"张漩轻声说着，同时惊讶于弟弟为什么没想到这一点，"你诞生于一个古老的星系，你的文明幸运地成了最后一代星门的建设者。如今，从故乡出发，整个宇宙都任你拜访，却不能回头。你清楚地知道，自己的文明只有几万年的寿命可以挥霍。那么，你是把自己囚居在某个星系里慢慢建造回家的星门，还是像撒播种子一样，尽可能多地把文明和生命播散到所有你能触及的星系里呢？"

张凯看着她，瞪大了眼睛。

"如果他们是从某个古老星系跳跃来的，那么他们想的绝对不是回家。我敢跟你打赌……"张漩扬起手臂，向着舷窗外画了个半圆，"仙女座、麦哲伦，还有所有那些有名字的和没有名字的星系里，都有文明在追随先行者的脚步，都有星门正在建设，都有文明正在等待。再过几亿年，宇宙中的每一座孤岛都将变成通途。到那时候，我们才会真的用光所有的名字，而且还要把它们再用上一百万次、一千万次，因为那里有无穷无尽的星星。"

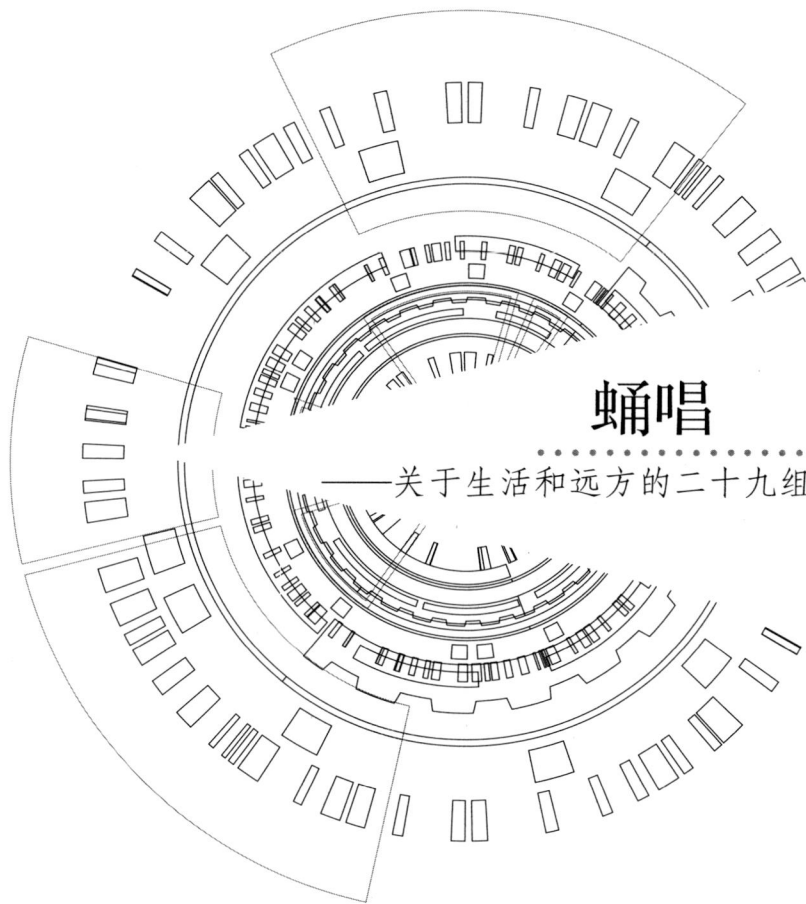

蛹唱

——关于生活和远方的二十九组来信

谨以此文献给

2006—2016年的

七个玫瑰铜币旅店

以及

我自己

嘘。

听我说，

你完全可以——

寂然不动，

抑或沉默不语。

而生命——

生命自会放歌。

引子

特莱兰人相信，世界是一个蛹。

最初，一条小小的毛虫爬行在诸神居住的巨树之上，它依靠树叶为生。这些树叶上写满了文字，每一片树叶都讲述着某个世界的故事。

它吃啊，吃啊，越长越大。最后，它吃饱了，就吐出丝将自己裹起来，化为我们所居住的这个世界。

它的眼睛变成了太阳和月亮，身上的斑点变成了星星，躯体变成了大地、河流与群山，还有海洋。

而那些它吃下去的文字，变成了人，行走在大地上。

特莱兰人告诉我，世界并不是永恒的，它只是在沉睡和等待。

总有一天，它会化作蝴蝶翩然飞去，而人类则回归到它们的本源中去，再一次变回言语本身，书写这个世界的故事，并静静等待下一个世界的诞生。

Part 1　放逐

Letter 1

Hi，莎德。

上一次写信还是在小学的时候，语文考试，我忘了是几年级。

我是不是应该写上"你好"或者"此致"一类的词，以符合礼节与格式？即使远在他乡，我仿佛也能听到你大笑的声音。至于礼节和格式，你一定会说，那不会给我挣来一个满分。

你说，他们考核你如何写信，但写信不是考试。至少我记得你这样说过。就像我记得我们坐在盛开的波斯菊花丛里，交换着漫画、零食和笑声。我想念你手指的温暖，还有你从背后环抱我时手臂上淡淡的香味。

我想念我们还是孩子的时候。

我在南方很好，学校很大，校门比我们初中的教学楼还高。大学是个很奇特的地方，至少不像妈妈说的那样。

说到这个，我遇到了一点麻烦。今天我去超市买卫生纸，就是成卷的那种。当我撕下一张擦脸——天气很热，我出了很多汗——的时候，我的同学大惊小怪地叫了起来，并向我解释那种纸是"厕所里用的"，然后告诉我纸巾才是擦脸的。

我站在那儿，傻乎乎地挤出个笑容，感觉特别丢人。

在老家的时候，妈妈会在门后挂一个袋子，里面装好裁成方块的卫生纸。我们无论是擦脸、擦手还是去厕所，都是从同一个袋子里取用。而这里显然不是这样。

这真可笑，莎德，我穿过半个大陆来到陌生的城市，举目都是陌生面孔，但只有当我买下一包纸巾的时候，我才清楚地意识到自己身在异乡，而且我还来自一个落后的地方。

不过这里真的挺好的。课程里有一半我学过了，另一半我一窍不通。我想我可以搞定它们。

你怎么样了？我是说，你的旅行。

给我写信，好吗？

你的凯玲

××××××

Hi，我的小凯，我的小鸟儿，傻孩子，我亲爱的小笨蛋。

以上是最不正确的信件格式的示范，不必介意。

收到你的来信时，我的旅行刚刚开始。如果说我们的生活有什么相同之处的话，那就是这仿佛蒸笼一样的天气。我和一个旅行团同行了一段路，他们刚刚从一场山洪的袭击中撤退下来，狼狈不堪、浑身泥泞。

我的背包里只有那种最粗劣的卫生纸，正是裁成方块装在塑料袋里的那种，他们向我讨了几张，擦手、擦脸，发出满足的叹息声，就仿佛那东西是棉布手帕一样。当他们返回旅店之后，他们又变得像文明人那样，用纸巾擦嘴，并折起来丢进垃圾桶中。

亲爱的，当你用你需用之物时，无须羞耻。当你遵守的文明规则和别人不同时，也无须羞耻。就当是你们在用不同的格式"写信"吧。

昨天晚上，我和这个旅行团的一些成员共进晚餐，我们喝了很多很多酒。他们问我是为什么而上路。我说，我要采集故事。

他们给我讲了很多故事。我挑出最喜欢的一个，随信附上。不知道你是否会喜欢。

爱你的莎德

女巫的故事

很久很久以前，有过一场狩猎女巫的战争。那时，树木还会开口说话，而夜晚的天空也不只有鸟儿飞过。有些孩子张开手臂就能滑入苍穹，而她们的姐妹闭上双眼就可以洞悉人心。

但人们害怕她们，害怕她们的力量，害怕会说话的树、会唱歌的猫和会背诵诗歌的乌鸦。他们无法忍受自己的双脚踏在大地上的时候，女巫们却在空中翱翔。她们的裙裾在蓝天白云中高高扬起，逼得地面上的人们捂起眼睛。

于是战争开始了。

那并不是一场壮烈的战争，也不是能够载入史册的伟业。这场战争发生在田间地头，发生在女巫们的菜园里和灶台旁。她们栽种的树木被偷偷焚烧、培植的鲜花被骡马践踏，她们的裙子被扯下来，挂在篱笆上，引起尖声的嘲笑。

有的女巫奋起反抗，然后被烧死了。更多的女巫选择了沉默，她们穿上凡人的衣裙，戴上凡人的面孔，露出与凡人无异的笑容，藏身在凡人中间。女巫也和普通的妇人一样，家长里短、柴米油盐，就这样安稳地消磨一生。

在那之后又过了许多许多世代，女巫们自己都不再记得自己是女巫了。

后来，有一个孩子出生了。她并不知道自己是女巫的后代，她也不知道什么是女巫。但她听得见树木低语，看得到人心的色彩。她知道如何伸出手握着星星投下的光芒走入天穹，她也知道如何在清晨的第一缕阳光下展开双臂，踏着晨曦如鸟儿般飞行。

她的妈妈吓坏了，告诉她说，这是不可以的，这个世界不会允许的。她将注定被人排斥、穷困潦倒、孤苦一生。她的妈妈说，自己也曾经可以成为女巫，但那是不对的，为了她的家庭，她有责任做个凡人。

"再说，如果我肆意飞翔，你根本不会出生在这个世界上。"

女孩茫然地听着，乖巧地敛起翅膀，不再飞翔，不再相信有魔法。但她总是会听见，听见世界万物的声音回荡而来，又飘扬而去。她可以听见阳光在她的肩头低语，然后破碎成一串串音符。

她试着做个凡人，她试过了。

在某个夜晚，狂风折弯树枝，大雪抹去足迹。而女孩悄悄离开了家门，穿过结冰的河谷，爬上山坡，找到了那块会唱歌的巨石。当雪停下来的时候，她使用了女巫的法术，她此生第一个也是最后一个法术。

她对着夜晚、白雪和群星祈祷，对着树木、天空和翅膀祈祷。她清楚地知道自己想要做一个凡人，又无法只做凡人，因此她决定对自己施加这个法术，将自己变成一个凡人，也变成一个女巫。

她撕裂自己的呼吸，分开月光投下的影子，将一声叫喊切割成两缕低低的啜泣。

当阳光洒落在雪地上的时候，两个女孩在巨石前并肩而立。

一个展开双臂，飞向天宇。

一个拢紧围巾，低下头，一步步走回家中。

在那天之后，女孩就成了最乖的小孩。她温和地微笑，努力地学习，认真地听妈妈的话，帮助外婆做家务。她考试总是可以拿很高的分数，从来不会做任何出格的事情。

妈妈对此很满意。

又过了很多年，女孩长大了。妈妈说："你可以离开家了，你可以独立生活了。你可以飞翔了。"

"可是，我没有翅膀。"女孩说。

"飞翔只是个比喻。"妈妈耸耸肩，"你会好好的，是吧？"

"嗯。"

有阳光如歌，有风如翼，呼啸而来，掠过女孩的肩头。

而她不明白自己为何泪流满面。

Letter 2

Hi，莎德。

来信收到，女巫的故事很好看，我很喜欢，但我不打算讨论它。

哼。

别再给我讲道理了好吗？给我讲讲你的旅行。我想知道你走过的地方，你看过的风景和你遇到过的人。

浦森是个拥挤、吵闹的城市，晚上根本看不到星星，一颗都看不到。天空是酒红色的，到处都是灯光、灯光和灯光。

我的数学糟透了，专业课也是，期中考试一塌糊涂。我恨名词解释题。我知道什么是"离子通道蛋白",我也知道什么是"神经元突触"。但是我必须把它们写上三行半而且一个字都不能差,才能向老师证明我确实知道它们。

我恨考试。背诵那些东西很麻烦,而且我几乎没法准确地记住它们。这儿的学生几乎都和我一样优秀,或者比我优秀得多,让我觉得很挫败,而且超级害怕自己会考砸。

宿舍后门穿过一条街,有个网吧。我有时会去那里打游戏,而第二天早上我起来,就会对自己说,不能再去了。但到了晚上,我又会走进去。

我试过了所有办法。我咒骂自己、惩罚自己,我用自己的名字和你的名字发誓,我故意不带钱。

帮帮我,莎德。我该怎么办?

糟糕的凯玲

×××××××

揉你。嗯,就只是想揉揉你的头发。你还和以前一样剪短发吗?还是已经把头发留起来了?

这儿找不到信纸,所以我撕了半张烟盒,你就别在意格式了。

我生病了。发烧,头痛,流鼻涕。之前的一个星期里我赶了差不多两倍的路程,打算在最好的季节到达目的地。

我确实成功了,最好的季节、最棒的风景……最重的感冒。

窗外的天空像水晶一样蓝。夜里能从窗户的一角瞥见银河的光带,和群星一起缓缓旋转。我睡不着,于是就数落下来的流星,有时三五颗,有时更多。

旅店里住满了朝圣者。每天早上当第一缕阳光穿过雪山的时候，窗外就会响起长长的吟诵声。我抱着热水袋、毯子和煮好的姜水，团在房间里，看他们走上弯弯曲曲的小路，到圣湖去，晚上再回来。

在旅店的酒吧里休息和打发时间的时候（别担心，我没喝酒），我遇到了一个和我一样的无神论者。我们一起品尝当地有趣的食物，开神灵的玩笑，把干硬的烤肉重新炖一下再吃掉。

他是个很有趣的人，并且打算加入我的下一段旅程。

关于你遇到的麻烦，我需要了解更多。你喜欢你的课程吗？我不是说考试，我是说，课程本身。

写信给我。

随信附上一个无神论者和神灵的故事。这是我这段旅程中最喜爱的一个。为了抄写它，我用掉了同伴的三个半烟盒，现在他只好把烟装在塑料袋里。

爱你的莎德

意志力之神与无神论者的故事

不久之前，世界上最强大的神灵，名叫阿米拉奈斯切特普拉提提，这个冗长的名字直译过来是"强大的意志力之神"。

它有着钢铁铸成的头脑、能看到一切的眼睛、无形无影又无所不在的躯体，还有一颗岩浆般灼热的心。它栖居在自己的神龛里，用它响亮而苛刻的声音评判着芸芸众生。

人们对它顶礼膜拜，祈求一份强大的意志力，以做到那些他们无法做到的事情。

他们祈求自己早上能够按时起床，晚上能够放下手机不再熬夜；祈求自己能够远离淘宝和朋友圈的诱惑；祈求神迹降临，让自己能够每天都乐于学习、努力向上，积极地清洗衣物和打扫房间。

他们还祈求自己能足够坚定——删掉电脑里的各种游戏，经常锻炼身体，并且一点都不在乎冗长的工作会议和烦躁的同事聚餐。

意志力之神对他们咆哮，嘲笑他们的软弱，鄙视他们，并偶尔赐一点意志力给他们。但每一次，当人们快要达成自己的目的时，它就收回这些意志力，于是人们只能在拖延症和最后期限之间往返挣扎。

在晚睡晚起、每天想花钱、看手机看到脖子疼痛眼睛发红的生活里，人们开始憎恨这个神灵，于是他们找了个无神论者去挑衅它。

无神论者走进神庙，对阿米拉奈斯切特普拉提提说："你不是个神啊。"

"我当然是神。"意志力之神傲慢地回答。

"你怎么会是神呢？"无神论者说，"你看，你身上没有一处不是平凡的。你的头脑，我们也能造出来，比如说电脑。你的眼睛，我们可以用摄像头来取代，它们大部分安装在手机上和路边。你的躯体，就像互联网。而你的心，它在大地深处无所不在。你那响亮而又苛刻的声音，只要我随便打开一个社交软件，就可以听到，比如说'你怎么还没结婚啊'。你看，你怎么会是神呢？你只是人类造出来的沙拉拼盘而已。"

意志力之神勃然大怒。但它有着坚定的意志力，因此它觉得发火不适合它的身份。它努力思考如何做出一个完美的回答，但这时，无神论者已经离开，并在手机上把它拉入"黑名单"了。

这些行为严重地侮辱了意志力之神，几经思索后，它决定要像其他神灵一样展开报复。它放弃了那些让它显得卑微的部分，它放弃了头脑、躯体、心和声音，只留下最纯粹的意志。它就像闪电一样猛烈，像闪电一样强大，像闪电一样无坚不摧。

它奔向那个该死的无神论者的家，打算把他劈成一团焦炭。

请注意，无神论者之所以被称为无神论者，一个很重要的原因，就是他们都会在自家的屋顶上安装避雷针。

——再也没有人见过意志力之神。但他们依旧膜拜着它空荡荡的神龛。

Letter 3

亲爱的莎德:

这样称呼你让我觉得很奇怪。不过我想试试看。你那个关于神灵的故事让我笑了很久。事实上，这大概是这几天最令我开心的经历了。

昨天我们上实验课，解剖青蛙。那让我感觉糟透了。死不掉的青蛙在托盘里扭动，带着被切开的……

喔，我还是不要描述了。我想忘掉它。

下课之后，我坐在教学楼前面的杨树下面，把自己蜷缩成一小团。

他们说那些其实是蟾蜍，他们说我太敏感了，他们说……

你看，问题不在于别人是否在意这件事，问题在于我在意。我不是说我们应该把那些蟾蜍保护起来，但有人这样说。说真的，我能理解我们为什么做这些，我不反对我们这么做。

我只是……受不了。

我是不是很……软弱?

其实，我喜欢这些课程，大部分。好吧，几乎是所有的。生理课很棒，实验我很擅长，植物学和昆虫学也很棒，我喜欢这些课程，甚至包括高数。它们都很有趣。我只是不喜欢考试，我恨死考试了。

我只是……怎么说呢。这些课程代表着某种生活，就像妈妈说的那样，好好读书、考研、考博士深造，做一个科学家。

我不想做一个科学家。

我曾经想做一个天文学家。但我做不到，我的数学不够好。现在学的这些，很有趣，但是我并不想研究它们。

我不知道我想做什么样的人。

我该怎么办，莎德，帮帮我吧。

你的凯玲

×　×　×　×　×　×

Hi，傻丫头。

我现在和一群僧侣一起旅行。他们想要去一个被他们称为圣地的地方。这是一群很有趣的人，虽然自称僧侣，但他们既没有穿着僧袍，也没有可以念诵的经典。他们称呼自己为"没有名字的人"，信仰的是"不存在之神"。

每天晚上，他们会聚在一起辩论。我问他们自己能否参加辩论，他们说下一个星期，那时他们应该就会做好接纳我加入的准备。

真有趣，一般都是让新加入的人做好准备才对。

我很期待下个星期，超兴奋的。

其中一个僧侣给我讲了一个关于他们信仰的故事。随信附上。

关于你的麻烦，我没有什么特别好的办法。不过，你的学校里有比较特别的课程吗？是你非常喜欢，但考试没那么糟糕，并且和你的专业以及我们亲爱的妈妈的未来规划一点关系都没有的课程?

去找一门来学吧。我知道这会让你更忙碌，但相信我，那是值得的。

爱你的莎德

关于名字的故事

很久很久以前，世界上空无一物，只有人类在其中茫然行走。

人命名了飞禽走兽，于是飞禽走兽就出现了。

人命名了大地与山河，于是大地与山河就显形了。

因名字的力量巨大，所以人将它藏了起来，并谎言说有神灵。因他们给神灵命名，所以神灵就出现了。

后来，这世间万物丰茂，各得其名，各得其所，但人类依旧惊慌。他们说，在我们说出这些名字之前，一切原本是不存在的。那么若我们收回名字，这一切也会消亡；又或者，若我们消亡了，又该怎么办呢?

于是他们说，让我们给彼此命名吧。

他们便命名了彼此。于是世界上有了工人和农民，有了商人和奴隶主，有了奴隶和自由者，有了政治家和律师，有了作家和小丑，有了男人和女人……

于是他们便安心了，觉得自己在这名字之下，确然是存在的，正如同他们命名了的万物那样。

但他们仍未停止。

他们命名了又命名，在大的名字之下创造出小的名字和更小的名字。每发明一个名字，就有新的事物出现在世界上。世界很快便充满了名字，以至于人们无法全部知晓所有的词语。

人们会为了名字而憎恨，正如同他们为了名字而爱那样。

人们会为了名字而厮杀，正如同他们把名字作为荣誉那样。

人们用名字来区分彼此，正如同他们用名字来混淆彼此的差别那样。

但他们依旧恐惧，因有了名字而恐惧，因可能失去名字而恐惧。

他们命名自己，一次又一次。他们称自己为孩子，称自己为学徒，称自己为父母，称自己为师长。他们把自己藏在某个工作的名字之下，藏在某个梦想的名字之下，藏在某个群体的名字之下，藏在某个自己发明出来的名字之下。

唯有他们属于某个名字的时候，才觉得安心。唯有他们获得某个名字的时候，才觉得满足。

他们是盲的，因为除了名字，什么都看不见。他们是聋的，因为除了名字，什么都听不见。

有一天，有个人睁开眼睛，发现世界到处都是名字在游走。于是他吓得赶紧把眼睛闭上了，然后发明了一个名字，来描述他方才的经历。

其他人称他为圣人。

但渐渐地，有些人生病了。他们不再能看到名字，那意味着他们什么都看不见。他们不再能听到名字，因此他们什么都听不见。他们失去了自己的名字，那意味着他们什么也不是。他们丢弃了自己拥有的名字，因为他们觉得这对自己不再有意义。

对他们来说，世界回归到了太初之前的鸿蒙空无。

然后，他们又瞎又聋地站起身来，说："我还在这儿。"

然后他们发现世界也在，只是不再有名字来供他们躲藏。

Letter 4

莎德，我爱死你了，爱你爱你爱你爱你！

我找到了一门选修课，只有六十个名额，但是有两百四十多个学生抢。

我早上五点爬起来蹲在电脑前面抢课，八点钟开抢，慢一秒钟就没了。

我，抢，到，啦！

那个老师太棒了，超级棒的！他是我见过的最有激情的老师！

说了这么多我还没说是什么课呢，哈哈哈，是"普希金与俄国文学"。老师讲了好多好多，讲诗人，讲他的祖国，还有诗，那么多的诗！

我想我一定是疯了，因为我写了一首诗偷偷递给了老师。你知道的，我一直在写诗，但是妈妈不喜欢。没人喜欢诗人，对吧。妈妈觉得他们总是太疯狂、太神经质、太多愁善感，而且故作姿态。我也不喜欢成为那样的人。

但我喜欢诗，普希金的诗正好是我喜欢的那种。所以我就自己写了一首。

老师说很棒，还当众读了它，我差点被羞死。

但是……

我很快乐，只要走进那间教室，我就觉得一切都非常非常美好。

爱你。

爱你的凯玲

×　×　×　×　×　×

抱抱你。

开心就好。真的。开心就好。

我最近也很快乐，记得我说过的那些僧侣吗？那些"没有名字，信仰不存在之神"的僧侣们。他们做的事情真的是太有趣了。

每天晚上，我们都会坐在一起。由一个人（僧侣或者像我这样被邀请加入的外人）开始，提出一个观点，什么观点都行，古怪的、疯狂的、乏味的……都可以，只要你能把它表达清楚。然后主持人会宣布这个观点就是今晚的议题，大家就开始围绕它进行辩论。

你可以支持它，也可以反对它，或者以此为前提，提出一个新的观点。你也可以完全不发言。

我们会辩论几个小时，主持人唯一的作用就是提醒我们时间到了。

辩论结束后，主持人会宣布，今天的这个观点，以及由此而生的一切，都将被交给不存在之神。

由于他们信仰的神灵本质是不存在，因此，过了今晚，明天太阳升起时，这个观点就将失去它的神圣性。明天晚上，又会有一个新的议题取代它的位置。

僧侣中资格最老的一个，保留着这个宗教的四条原则。每天辩论结束之后，他都会将它们复述一遍，来提醒每个人。我把它们誊抄了下来：

神的本质是不存在。

人和其他一切则存在。

人创造意义，将其交给神。

神的职责是记得，而人类的职责是遗忘。

挺疯狂的。是吧！但我很喜欢。

一名前僧侣——这个宗教会定期逐出僧侣，任何人身为僧侣的时间都不得超过四年，没错，"四"是他们的圣数——给我讲了一个故事，是关于这个宗教创立者的故事。我很喜欢，把它记了下来。

随信附上。

爱你的莎德

医生的故事

并不很久之前，在某个世界的某个角落里，有一个行脚医生。她在背囊里装满药物，穿着轻巧的旅行靴，穿行在丛林间、跨过小溪、渡过河流，给那些远离尘嚣的村庄带去药物，用她精湛的医术帮助那些生病的人。

有一次，她拜访了一个村庄。那里的人们正遭受着一种严重慢性疾病的折磨。令她惊讶的是，就在村外，蓬勃生长着能够治疗这种疾病的草药。但当她试图采摘的时候，却被村里的人阻止了。

"那是神灵诅咒过的草呀。"他们说，"采摘它会带来不幸的。"

她费尽口舌，向人们解释，但他们不听。这个村子里的人们铭记祭司口中的神谕。他们记得，他们的父母记得，他们的儿女记得，他们从不遗忘，也从不质疑。

"如果只有被诅咒的草才能治疗我们，那么这疾病就是神灵降下来的。"他们说。

医生尝试几次，最终无奈地放弃了。

但她一直记得这个村子，一直惦记着村子里那些被疾病折磨的人们。四年后，她又回到这个村子，并带来了礼物和美酒。

人们欢歌畅饮，烂醉如泥。

在酒里，医生放了让人们遗忘的药物，他们暂时地忘记了神灵，也忘记了神谕。于是医生顺利地采集了药草，让他们和着酒服下去。

第二天早上，他们醒来，大惊失色地发现这一切，把所有的怒气都撒在医生头上。她不得不躲在一截顺流而下的枯木里逃离村庄，还被打伤了一只手。对此，她一直耿耿于怀。

又过了四年，医生回到文明世界，休养安居，并和另一个朋友提起此事。

"他们难道就学不会遗忘吗？"她愤愤地说道。

那个朋友若有所思地看着她，问道："他们如此执着于神谕，即使神灵已经消失也不放弃。而你如此执着于他们，即使你作为医生的责任已经尽到。这两者之间，又有什么区别呢？"

她沉默了很久。

又过了很久很久，一个新的宗教开始流传，这是一个推崇遗忘和放弃的宗教，而创立它的正是那个医生。

那个仍然无法遗忘这一切的女人。

Letter 5

Hi，莎德。

故事很棒，选修课也很棒。我在图书馆里待了很长时间，来写选修课的结业论文。但我担心数学和生物化学可能会出问题。此外，我还遇到了一些别的麻烦。

寝室里的同学们都很好，我们一起出去玩，班级也有很多集体活动。但问题是，我不喜欢。

准确地说，我受不了。大家喜欢的笑话，我不喜欢。所有人看了都会大笑的电影，我看了只觉得浑身难受。尤其是那些喜剧电影、那些尴尬的场景、那些让人倒霉的事情……每个人都在笑，但我笑不出来。

我很难受，我觉得我一定是有什么问题。我把这些感觉写了下来，发到网上。我说我觉得自己像是一个边缘人。

在网上认识的一个朋友严厉地批评了我。他说，我才不是什么边缘人。他列举了很多过得很糟糕的人，说他们才是边缘人。他们比我痛苦多了，相比之下，我的痛苦毫无意义，并且是不应该的。我事实上是个很幸福的人。

按照他的说法，我应该幸福。但为什么我一点都感觉不到呢。

给我写信好吗？给我写信，还有那些故事，你的信总是能让我很安心。

你的凯玲

×　×　×　×　×　×

Hi，凯玲。

我读了你的信，我想诚恳地对你说：那家伙说得不对。

你头疼过没有？我今天早上起来头疼，因为我喝了酒，而且喝得有点多。宿醉头痛，就像是有人在你的脑子里倒扣了一个桶，每走一步都用力敲上二十下似的。和我一起去酒吧的那哥们也喝醉了，看起来比我痛得还厉害。

按照你那位朋友的道理，因为他比我还难受，所以我就不应该难受了？

记住，傻丫头。不管你是富得流油还是穷得冒烟，不管你是运气好还是运气坏，任何人都有不开心的时候，也都有不开心的权利。当然，如果身边有比你更需要帮助的人，我们可以让自己的麻烦事等一等。但如果你穿着一双会让双脚磨起水泡的鞋，那就脱掉它。千里之外某个人没有脚又不是你的错。

疼痛不是用来比较的，痛苦也不是。

说回"边缘人"的问题吧。

昨天在酒吧里，很多人都在跳舞。灯光很暗，旋转闪烁。我们扭动腰和胯骨，甩着手臂。

有一个女孩，被她的朋友们拽进来。

她看起来手足无措，穿着非常不适合酒吧的衣服，头发梳成非常刻板的样式。她的表情像是被吓坏了，那双眼睛就像是被猎犬盯上的兔子一样明亮而惊恐。

她让我想到了你。

有些人天生就和这个世界不合拍，那不是他们的错。

这段时间我旅行了很多地方，认识了很多有趣的人。其中有个女人，她是个军人，很强壮。一个背包就是她全部的财产。她给我讲了她的故事。我并不真的相信这个故事，但我能理解故事里的那种感觉。

——我知道这个世界很好，但它不是我的世界。

随信将她的故事附上。我理解她，正如同我理解你一样。

好想在你身边，抱抱你。

爱你的莎德

流徙者的故事

"这世界上有很多令人讨厌的事。"她说着，又给自己倒了一杯酒，"还有很多令人讨厌的世界。"

她第一次流徙的时候，才几个月大。

一睁眼一闭眼之间，软绳编的摇篮突然就变成了木质的婴儿床。头顶上摇荡的风铃变成了五颜六色的塑料玩具。

于是她大哭起来。

母亲来了，抱起她，用陌生的语言哼唱着她无法理解的歌。

这一个妈妈的气味，闻起来和真正的妈妈不一样。

都说小孩子记不住三岁之前发生的事情，但她记住了。她没法忘记这种事，谁都没法忘记。

想象一下，一个装满了玻璃球的罐子，塞得满满的，每一颗球都在它原来的位置上。现在从中间随便取出一颗，其他的球就会滚动过来，填补它的位置。而这个罐子里开始有了空隙，你每次摇晃一下，这些球就会滚动起来，重新排列。

没人问过那些球是否愿意换个地方待着，也没人问过她。

十一岁的时候，她已经学会了沉默。她的母亲向她抱怨，说她不够亲近自己。她什么也没说。

她能说什么呢？告诉母亲，自己不是她的女儿，而她真正的孩子流落在不知道哪个平行的时空里？

她什么也没说。

十二岁的时候她再次经历流徙，一步迈出，世界就变了模样。在这个世界里，战争和恐惧如影随形。父亲带着她逃亡，母亲不在身边，她没有问发生了什么。

男人很粗心，他有太多的事情要担忧，所以没发现他的女儿有何不同。

或许你也曾经历过，只不过你穿过的世界差异太微小，扰动太轻微，因此你从来都没有在意。

有没有过某个时刻，你记起某事，而和你一同长大的小伙伴们都不记得？或者你记忆里是一个女人声音唱出的老歌，后来却发现每一个版本都是男声唱的？

名为"世界"的罐子正在摇晃不停，有些人幸运地待在比较稳定的地方，而另一些人，则没有那么幸运。

在那之后的一段时间里，她流徙了很多次，从一个世界到另一个世界，既无法控制它何时发生，也无法决定是否离开。有一次，她似乎和自己的母亲重逢了，至少那个女人很像是把她养大的那个。

她转身逃走，在女人呼喊的声音里再一次穿过了世界的壁垒。

她不是不想念。

她只是无法忍受，被拥抱在怀里、在一起生活，然后不知道什么时候，又一次身不由己地离开。

想象一下，有这样一个世界，进行着一场奇怪而可怕的战争。因为有太多的人死去，甚至来不及依靠新一代的填补。所以人们开始利用他们的技术，从平行世界里强行征得士兵。这个行为在名为"世界"的罐子里造成了某种空洞，就像那些被取走的球。

世界需要平衡，需要填补这些空洞。于是生命在世界与世界之间开始流徙，但总有一个空洞无法填补。

"Hi，你要跟我一起去那里吗？去继续那场战争，或者试着去结束它。所有的流徙者最终都会停留在那里。不必着急，罐子再次摇晃起来之前，我们还有时间来思考如何回答。"

她微笑。

在世界和世界的夹缝之间，在这一次的流徙和下一次的流徙之间，她微笑着。

Letter 6

Hi，亲爱的莎德。

那个女人的故事让我痛痛快快地哭了一场，但我很喜欢那个故事。而且，最近有些很好的事情发生。

学校里的事还是老样子，考试很讨厌，选修课很棒，老师很好。我开始喜欢上一些专业课了，主要是不那么艰涩的那种，比如动物行为学。

但除此之外，发生了一件让我很开心的事。

网络上有个游戏，超厉害的那种，画面也很好看。重点在于，有很多人一起玩。我在游戏里遇到了一个很棒的会长，还有一群很好的朋友。我们现在每天晚上都一起在游戏里战斗。那种感觉就像是……就像是家一样。

当然，你会说，我们的家庭从来不会"每天晚上一起战斗"，我们只会一起看电视，或者大人们一起打麻将，你和我窝在床上看书。

但这些人……我们真的感情很好。真的！我感觉很快乐，很安心。

妈妈打电话来，问我有没有想家，我告诉她没有。我不想让她担心，但我真的太渴望有个家了。我希望当我遇到问题的时候，身边能有个人，和我一起面对，而不是告诉我说他们无能为力。

这个游戏公会就像是我的家。我们甚至会一边"打怪"一边讨论期末的政治考试，或者抱怨自己的情感生活，毕竟我们的年龄都差不多。

但有些时候，我也会感到不安。因为我们都是在用彼此的虚拟角色交流，谁知道真实的他们是什么样的呢？

很抱歉过了这么久才给你写信。我最近实在是太忙了。

爱你的凯玲

× × × × × ×

Hi，小傻瓜。

你的信在路上走了大概一个半月。期间搭乘过飞机、火车、汽车、拖拉机和一头湿淋淋的驴——主要原因是它带着邮包掉进了河里。但运气不错，它总算抵达了我的手中。运气更好的是你用了油性笔写字，否则我大概读不到什么内容了。

坦白地说，你关于游戏公会的描述让我有些忧虑，原因和你在信末写的理由是一样的。为了爱，我们宁可相信影子和幻觉，只为了让温暖更加真实。

无论如何，记得要照顾好你自己。

我现在住在一处悬崖上的寺庙里，每天晚上，呼号的风声都会把我从梦里惊醒，而早上则是僧侣们洪亮的诵经声音。这座寺庙是用许多巨大的木柱支撑起来的，而在木柱下方的悬崖上，栖息着几百万只海鸟。它们每天早上飞出去，在海浪间捕食，每天晚上又飞回来。

这里的日出简直美不胜收。因为只要僧侣开始诵经，就没法睡懒觉了。所以我干脆在天亮前就起床，坐在悬崖边，可以看到天空中的黑暗渐渐褪去，天空中一线青白渐渐升起，红云翻卷，最终阳光撕开海浪喷薄而出。

之前信件里和你提到的那位无神论者曾经也住在这里，我们一同旅行了很长时间。他昨天离开了，不过我还会在这里待上一阵子，收集更多的故事。

这座寺庙是很多旅人的目的地，抑或再次出发的起点，所以我收集到了很多的故事。随信附上一个非常有趣的故事，就是有点儿恐怖。

对了，如果信纸有青草或者更奇怪的味道，请不要介意。这些海鸟"投弹"的技术非常精湛，事实上只要我出门，我就得戴上个斗笠，否则回去之后还得洗头发。

给我写信，好吗？我知道你最近会很忙碌，但记得给我写信。

爱你。

爱你的莎德

人偶女孩的故事

很久很久以前，有个女孩。她有一双巧手，做出来的人偶栩栩如生。她的妈妈是个很严厉的人，而且会讲一些非常有道理的话。

如果女孩和朋友吵架了，她就会说，你看你，怎么能让朋友不开心呢？

如果女孩考砸了或者上学迟到了，她会说，如果一个人连考试都考不好，连按时上课这样的小事都做不好，那她也没什么希望了。

如果女孩在路上看到某个年长的熟人，却忘记打招呼，她会说，一个人如果没有最简单的眼力来看出什么时候该做什么事，该表现出什么样的礼貌，那么这个人将来是不会被人喜欢的。

女孩很伤心，又很害怕。她觉得自己糟糕透了，而且未来毫无希望。她没有勇气和别人做朋友，因为她觉得自己又蠢又笨又没用。

于是她就给自己造了很多人偶。这些人偶会说话，会跳舞，会逗她开心，会在她哭泣的时候抚摸她的头发。

如果没有人和自己做朋友，那就创造一个吧。

如果没有人赞赏自己，那就创造一个吧。

如果没有人爱自己，那就创造一个吧。

但女孩总是觉得很遗憾，因为造出来的人偶，始终不如她希望的那么完美。他们爱她，和她在一起，陪伴她。但他们或多或少都有一些缺陷。可她也没有什么别的选择，所以就只能这样了。

这样子过了很多很多年，后来有一天，那些人偶聚在一起，他们对女孩说："我们要离开了，感谢你这么多年来为我们做的一切，但是时间到了，我们要离开这里，去属于我们的地方。"

女孩大哭起来，她说："是我创造了你们啊！如今你们怎么可以弃我而去呢？"

人偶们就微笑着摇头，说："你让我们成为人，让我们懂得了爱和恨，渴望和失落，自然也就懂得了什么是自由。我们想要自由。我们要离开这里了。"

女孩哭了又哭，劝了又劝。最终也无法拦下这些人偶。于是她绝望地问他们："我可以和你们一起离开吗？"

人偶们说："可以。"

于是女孩告诉妈妈，自己要离开了。

妈妈听了她的话，顿时大哭起来。

"是我生下了你啊！"她说，"如今你怎么可以弃我而去呢？"

Letter 7

莎德，我恨你的故事。

不管你打算用它隐喻什么，我得说清楚，我们的妈妈绝对没有你故事里那么糟糕。她只是喜欢担忧，而且她过得并不容易，每一天都夹在孩子、丈夫和父母之间……糟糕的收入，还有各种各样的麻烦。

那时候，她为我们挡住了一切灾难和风暴，我们什么都不需要承担，除了学习和考试。

她为我们做了那么多，我觉得她有权利要求一点东西，不是吗？

不说了。在她的问题上，你和我大概永远没法取得一致意见。

我最近很好。

其实，有件事想要告诉你，我喜欢上了游戏里的一个家伙，我不知道他的真名，也不想知道。我们一直在一起玩游戏。我很喜欢他，他送了我一些很难得的装备。非同寻常的礼物！

他说他不会和我发生什么关系，或者接受我的情感。我告诉他说我并不需要他接受我的情感，我爱他，这事儿和他无关，单纯就只是……我自己的爱。

这听起来很疯狂，但我喜欢这种疯狂的感觉。

你最近怎么样？有没有在旅途中遇到很棒的男生？

× × × × × ×

Hi，凯玲。

那个故事真的没有隐喻的意思。只不过我听到这个故事的时候，它很符合我的心情，所以我就把它记了下来。

对不起，让你难受了。

最近，我大部分时间都花在火车上或者火车站里。我坐着火车从一个城市到另一个城市，偶尔停下来，在那个城市待一两天，然后再出发。这种旅行方式可不适合找男朋友。虽然有人建议我找个男朋友一起旅行，但是大部分男人其实都更希望稳定一点的生活，他们有太多的责任要承担。

不过，说到旅伴，我确实认识了一个女孩子，最近一直在和她结伴旅行。我们在性格上非常像，而且爱好也很相似。所以这段时间的旅途非常快乐。

她很喜欢西方的各种传说和故事，给我讲了很多。

随信附上一个，希望你喜欢。

爱你的莎德

没有心的巫师的故事

很久很久以前，有一位伟大的巫师，他学会的法术比这世界上其他巫师加起来还多。他的智慧无人能及。

但他和平凡的农夫一样，也会爱，也会被爱所伤。

爱是甜美的。这毫无疑问，爱就像糖果一样甜美，像阳光一样明亮，像鲜花一样诱人。但如果爱出了差错，就会变得像刀刃一样锋利，像火焰一样灼热，像荆棘一样令人遍体鳞伤。

巫师所爱慕的那位姑娘，对他不屑一顾。无论巫师怎样努力地讨好她，为她做事，甚至努力地去理解她所做的一切。但最终，她只是嘲笑他、苛责他，用鞭子一样的语言击打他的自尊。

最后，巫师想到了一个办法。他把自己的心用法术变成了一朵无比美丽且永不凋谢的鲜花，把它放进一个精美的水晶盒子里，递到了姑娘的面前。

"这是我的心。"他说，"请收下吧。"

姑娘只是冷淡地看了一眼，说："哦。"

她接过那个盒子，把它放在了高高的架子上。

巫师很悲伤，但他已感受不到伤心，因为他已经把自己的心给出去了。

于是他转身，回家，收拾了行李，出门旅行。

他到过很多地方，遇到过很多人，其中有朋友也有敌人。

有一个邪恶的巫师，一直以来嫉妒他的力量，于是想要杀死他。这个邪恶的家伙用尽了手段，也没能杀死这个巫师，因为他的心不在他的胸口，他的生命不在他自己的手中。

他因为没有心而无人能敌。

渐渐地，他甚至为自己没有心而感到庆幸和骄傲。他开始相信，他可以做到那么多普通人做不到的事情，正是因为他没有心。

他几乎把自己还有心的时候的生活忘记了，也忘记了那个姑娘。就这样继续着他的旅程。

那个邪恶的家伙不甘心就此失败，于是他走了很多地方，终于找到了巫师的故乡。那是一个小小的村庄，村外有一座已经坍塌的巫师塔。他敲开那个姑娘家的房门，姑娘已成了满头白发的老妇人。他向老妇询问有没有一个巫师，曾经给过她自己的心。

"有啊。"老妇说，露出微笑，"是的，我记得那件事。"

"那颗心在哪里？"他问。

"哦，那份礼物太沉重了，尤其是对于我这样一个平凡的女人而言。"老妇人笑着说，"所以我就把它装进盒子里，埋在了一株灌木的下面。但时间太久了，记不清楚是哪一株了。不过，后来它开出了红色的花，倒是很少见的。"

少见？

邪恶的巫师转头四顾，村庄周围、群山之间、河流两岸，到处生长着美丽的红花灌木，数不胜数，繁盛如同夕阳化作的海。

他怒气冲天，找了又找，掘了又掘，也没能找到巫师的心，最终悻悻离去。

巫师对此一无所知，他的旅途依旧继续，后来，又过了很多很多年，巫师老了。他现在已经不是过去那个被爱所伤的年轻人了。他化解了自己和敌人之间的仇恨，还有了很多新的朋友，甚至有了一个家庭。他身边的人有的时候会拿他没有心这件事开玩笑，而他也只是一笑置之。

他仍然会经常旅行，有一次，他路过一处既陌生又熟悉的山谷，发现这里到处是结着鲜红果实的灌木。于是他好奇地摘了一颗品尝。果实的汁水滋润了他的喉咙，枝条上的尖刺扎伤了他的手指。

像糖果一样甜美，像刀刃一样锋利。

Letter 8

Hi，莎德。

来信收到，故事很有趣，那种灌木是不是叫刺儿莓？我记得我们小时候吃过的。

暑假时我回了一趟家。开学就大四了，妈妈坚持要我读研究生，她还带我去爸爸工作的地方，让我看他是多么辛苦。她说，现在全家人都是为了我在努力。我笑着说我会努力的。

但私底下……私底下我想尖叫。

我不想这样，我不是说我不想努力，或者我不想做得更好，我是说我不想……我不想一个人把全家人的份都活出来，那太累了，太可怕了。我回去的时候，阿姨和她家的哥哥们也来了，大家坐在那里，都看着我，每一个人都看着我。

而我就那样坐在那里，对每一个人微笑。

我不想读书。我只想打游戏，我只想看小说、看漫画，我只想躲进别的世界里去，那样我就不需要看着那么多双期待的眼睛了。

你当初离开家的时候也是这样的心情吗？

抓狂的凯玲

××××××

Hi，小家伙。

我是在火车上给你写回信的，很匆忙，所以来不及把故事也附上。而且其中一些故事你大概不会喜欢。

回答你的问题：是的。

做出选择很难，但面对选择的结果更难。我知道家人对我有什么样的期望，而我也知道我注定辜负他们。

但我不想为期望而活，至少不想为别人的期望而活。

我知道这样做的代价很高，可能比活在家人的期望中更难受，因为你知道他们在呼喊你的名字，而你也知道你选择了不去回应。

人们会说这很自私，父母给了我们一切，而我们却不肯以一切来回报。这话我曾经听过，还将会听到很多很多次。

每到这种时候，我就会想起离开家的前夜，妈妈试图把所有她能够想到的东西都装进那个小小的旅行箱里。她不停地装啊，装啊，就像是要把这个家放进去一样。

但她没阻拦我们离开。她说，去吧。

她希望我们离开，至少一部分的她想要我们得到自由——她没能得到的自由。

凯玲，有些期望我们无法回应，但有些期望我们可以。

爱你的莎德

Letter 9

（一团纷乱的涂抹）

唉，莎德。我本来想给你写一些开心的事情，但怎么也写不出来。这封信拖延了两个月，但我最终还是写了出来。

我不知道要写什么……好吧，我好像把所有的事情都搞砸了。

暑假结束之后，我回到学校，原本以为一切会很顺利。但是一点一点地，事情就开始变了。

游戏里的公会本来很好，但最近分裂了，一部分人想要更多的游戏挑战，但会长……会长尽力了，可他做不到。一些朋友要离开，一些朋友要留下。我最终做出了选择，但那太难受了。

在公会解散的时候，有人告诉了我一些事情：我喜欢的那个男人并不是我想象中的样子。事实上，他和我想象中的那个人没有半点相似的地方。

我哭了好几天。

更糟糕的是，阿鱼来找我。你记得阿鱼吗？我们小时候在一起玩，后来她搬家来了浦森。我们见面过几次，每一次我都……无所适从。

太难受了，要适应这个城市还有大学里的课程，还有游戏公会的事，对我来说已经太多了。

我不是不想要现实中的朋友，但我做不到……只要一想到要面带微笑地出去和别人喝咖啡、逛街、聊天，我就想要尖叫。

不是他们的错，不是阿鱼的错，不是会长的错，是我自己的问题。我甚至不知道哪儿出了问题。我几乎做错了每一件事，做错了每一个选择。

阿鱼来找我的时候，我坐在电脑前，盯着屏幕里的游戏，甚至都没看她一眼。她走的时候很伤心，而我……

我在游戏里的家不复存在了。

我爱的人是个骗子。

我的考试挂科了。

阿鱼不再联系我了，事实上就算她联系我，我也不知道能如何回应。

寝室里的同学关系也是一团糟。

所有的事情都错了，我搞砸了一切。

给我个故事好吗？莎德，给我个故事。我太希望能有一件好事了，而你的故事几乎从来都是好事。

××××××

亲爱的，抱抱你。

我读了你的信，我读了三次，也许还会读更多次。

我正在从特莱兰返回的路上，或许会在你那里稍微停留一段时间。

很抱歉，暂时没有故事。事实上，我想请求你给我写一个故事。

诗也行。

爱你的莎德

××××××

Hi，莎德。

我不知道……我不知道能不能……

好吧。

我写了。随信附上。

为什么你不肯给我一个故事呢？

一塌糊涂的凯玲

关于微笑的诗

你，过来，微笑。

那个声音说。

嘴角上扬三十度，

露出标准的八颗牙齿，

铡刀一样整整齐齐，

雪白闪亮。

不得哭泣，此乃大罪。

次一等的罪行是面无表情。

不可沉默，此乃悖逆。

你必须开口说话，声音欢快清朗。

你，过来，微笑。

请务必——

像胜利者一样骄傲，

像成功之人一样闪亮，

像圣者一样谦卑。

不得疼痛、生病或者疲乏无力，

亦不准蜷缩、发狂抑或尖叫，

万万不可失败，

致使你的本质，

配不上你合乎要求的外表。

你必须昂首阔步，衣着得体，且美丽动人。

你，过来，微笑。

此地严禁孤独。

与众不同是一种疾病，

亟须治疗。

不可从你厌恶的一切前转身离开，

你当伸出双手，

将其拥抱。

如此方能证明汝之完美。

你，过来，微笑。

Hi，凯玲。

信件收到。我读了那首诗，读了很多次。

我已经抵达浦森。我喜欢这座大城市，尤其是在漫长的荒野旅程之后，一家麦当劳简直就是天降的恩赐。

信封上的地址就是我现在的住处。我大概会在这里待上一两个月的时间，好好享受一下大城市的繁华。如果你想，就来找我；如果不想，就给我写信。一切取决于你。

爱你的莎德

Part 2　荒原

Letter 10

Hi，莎德。很抱歉又过了这么久才给你写信。

对不起，之前你在浦森的时候，我没去找你。我实在是做不到。

　　我实在不知道见到你要说什么。事情就这样一件一件发生。我挂了科，而且是好几科。数学、英语，还有专业课。我猜我很可能没法毕业，或者就算毕业了也找不到工作。

　　而我不在乎。

　　这样说听起来很疯狂，但我确实不在乎，就像是疯了、麻木了，或者介于两者之间。

　　我现在除了必须上课的时间，都待在网吧里。那里有一整个世界等着我去探险，还有很多的朋友们。我和他们重建了公会，然后继续玩下去。

　　我知道这样下去不好，但我就是不在乎。

　　妈妈让我去考研究生。我报了名，但我没有去参加考试。

　　我不再在乎了。

　　这么多年来，我一直是家里最听话的孩子，最乖的宝贝。只因为妈妈喜欢短发，我十九岁之前就没扎过辫子，也没留过长发。所有人都希望我考个好成绩，做个乖孩子，所以我一直一直都很努力，只不过他们还是觉得我不够努力。

　　莎德，你记得我们在长风之城的那个晚上吗？那场比赛？我们做了我们能做到的一切，而且我们比所有人做得都好。几乎比所有人做得都好。但我们赢不过那些孩子，赢不过那些从一开始就比我们要厉害得多的孩子们。

　　我们尽了我们一切的力量。而妈妈说，我们只是还不够努力。

　　我知道，我知道，是我说了不再谈论妈妈。而且那件事发生在我上大学之前，在我来这个城市之前，在我决定把自己活埋在网吧里之前。但那个晚上，有什么东西碎掉了，在我心里彻底地碎掉了。

我知道我们永远都不够好，而他们永远都会要求我们更好，不管我们究竟有多累、多绝望、多疯狂。

我不在乎。我不再在乎了。

绝望的凯玲

××××××

Hi，小凯。

你还记得我们离开家的那天吗？火车渐去渐远，而我们自始至终不肯让眼泪掉下来，直到所有我们认识的人都在视野里消失，我们才小声地开始哭泣。

我知道人们是怎么说我的，说我远走他乡，说我把父母丢在老家，说我连一份正经工作都没有，还说我应该尽快找个男人嫁掉，那样就能定下心来。在他们眼里，我大概是最不在乎家庭的那个人。

事实上，我在乎。

承认这一点花了我很长很长时间。

爱有很多种方式，并不一定是要把自己完全地奉献出去，然后再绝望地把残骸收拾起来。

如果你觉得现在你想要那样，那也没关系，就在那个状态下待一阵子。我相信你会找到适合你自己的路。

我现在正在一个酒吧里给你写回信，身旁坐着一群醉醺醺的宣称自己来自未来的人。不过我觉得他们只是一群喝多了的失意科幻作家。听起来他们好像写了一个剧本，然而电影最终流拍了。

这些都不重要。

重要的是，他们给我讲了很多关于未来的故事。其中有一个，在我看来跟我们通信的主题毫无关系，但它很有趣，我猜你会想要一些有趣的故事。

随信附上。

给我写信，亲爱的，请记得给我写信。

爱你的莎德

科林和斯图尔特的故事

在很久很久之后的未来，有两个建筑设计师，一个叫科林，一个叫斯图尔特。他们几乎同样才华横溢，彼此竞争激烈，但是谁也没法让对方服气。

如果科林设计一栋摩天大楼，那么斯图尔特就会设计一栋生态大厦；如果斯图尔特接下设计别墅的邀约，很快科林就会找到愿意请他设计另一栋别墅的客户。

他们彼此看不顺眼。

如果科林在设计图中用了庭院园林，那么斯图尔特就会把所有的绿植都放进屋子里，把庭院设计成后现代风格。如果斯图尔特采用了自然光照明技术，那么科林就会致力于设计美轮美奂的灯光。

双方的竞争在他们的晚年到了白热化的程度。当时，斯图尔特得了绝症。科林居然幸灾乐祸，放出话来说，斯图尔特在死之前绝对无法打败他。

斯图尔特勃然大怒。他挂着拐杖，带着他的私人医生，从病床上爬起来，设计了一座太空站。在太空站建造完成后不久，他就死了。

葬礼在太空站里举行，科林应邀前往。当他来到那里，才发现这座太空站——斯图尔特最后的作品，完全是"科林式"的。事实上，斯图尔特完全仿照了科林在太空建筑上的设计风格，每一个设计元素和设计组合，所有的结构、装饰……全都是"科林式"的。但微妙地，每一处都比科林自己设计出来的更好。他向科林提出了自己最后的挑战，并心满意足地死去。

可怜的科林被气坏了。他在这座太空站里住了下来，每天都琢磨着要如何才能证明自己比斯图尔特更强。但直到他死，他都没能做到这一点，因为他已经被斯图尔特用他自己的风格完全摧毁了。

但后来的设计师们认为，斯图尔特其实并没有胜利。因为当人们看到这座太空站的时候，他们会说，哦，这是科林式的设计。

而这是斯图尔特留给这世界的最后一样东西。

Letter 11

莎德，我没看懂你的故事，还有，我想家了。

但是我们再也回不去了，你懂的。我在自己的家里像个客人，在异乡像个外来者。

我不知道还能写什么，就这样吧。

凯玲

××××××

小傻瓜。

如果不知道能写什么，给我寄些照片也行。我最近学会了用电子邮件，但说真的，我现在旅行的地方到处是崇山峻岭，不要说电脑，电灯都很少见。

前几天，我和同伴们讨论了"旅居"这个词。他们坚持认为，旅居的意思，是你把你所行经的地方称之为故乡。我多少觉得这有点自欺欺人。我不介意把道路视作生活、把旅途视作家园，但故乡不同，故乡是你来自的地方，是旅途开始的地方。这和你是否回去没有关系。

我们喝了很多酒，讨论了很长时间。后来有个女人加入了我们，她给我们讲了一个关于巨人的故事。

我很喜欢。

随信附上。

爱你。想要拥抱你。

你的莎德

巨人的故事

在人类来到这个世界之前，众神们先创造了巨人。

他们从山峰、大地、岩石和河流里抽出和神一样的灵魂，赋予他们和神一样永久的生命。但是因为这些灵魂所来自的地方是广大的，所以他们的身躯巨大无比。这就是巨人。他们的头颅大得像一座山峰；他们的身躯躺倒下来就是一列山脉；他们的笑声可以掀起一阵飓风；他们的愤怒可以摇撼天空。

他们太巨大了，这个世界，即使是如此的广大，也容不下太多的巨人。

所以，神灵又造了人类。他们用灵巧的手造就人类娇小的躯壳，从地上撮起尘土一样微小的灵魂，放入同样微不足道的容器——我们。

尘土固然小，然而无数尘土聚集起来，可以造就大地。又因为大地有四季荣枯，所以神灵给人类的生命循环往复，生老病死。在那个时候，永恒的巨人和短暂的人类，共享这个广大的世界。

有一个巨人，他生活的时代，诸神尚未远去。

他喜欢旅行，但在他的眼中，群山犹如沟坎，江河好像小溪，世界是如此乏味，令他失望。

在路上，他遇到一群旅行的人类，于是他低下山岳一样的头颅，问那些小人儿："你们要去哪里？"

"到白林去。"

"白林在哪儿？"

"我们也不知道，但那里是我们梦想中的故乡，我们想要去。"

"那我也去。"

巨人把小人儿们放上肩膀，向着白林出发。他走过苍翠的山岭，涉过湍急清澈的河流，穿过古老城市的废墟。他走了又走，从终年温暖的南方，一直走到飘雪的塞北。

岁月荏苒，时光如梭，巨人们相继沉睡，他们从山峦和河流中来，也将回到山峦和河流中去。

春去秋来，人类死了又生，血脉相传。文明一代代兴起衰落，沧海桑田，盛了又衰，诸神远走，奇迹不再，而人们渐渐将巨人遗忘。

那个前往白林的巨人，至今仍未抵达，他长卧已久，化作逶迤群山，而人类在他的肩头盖起一座小镇，名为白林。

当山风吹过黑松与白桦，巨人的鼾声穿过了所有人类行走的道路。

Letter 12

凯玲，你还好吗？

我有好几个月没有收到你的信了，问了几个中转信箱，对方都说没有收到信件。你给我写信了吗？你还会给我写信吗？

　　我现在暂时在棉城歇脚。这里的天气包括雾、多云、绵绵细雨、雷雨、倾盆大雨。

　　偶尔有晴天。

　　每一个晴天都是惊喜。事实上，今天早上，我在高楼大厦的缝隙间，窥见了我这辈子见过的几乎是最美丽的一次黎明。

　　很可笑吧，我走过那么长的旅途，在许许多多有名字的和没有名字的地方停驻，游览了那么多被人们称赞的风景优美之处，但最终，这里——城市的钢筋水泥之间，一线天穹之下升起的黎明，比我在旅途中见过的大部分清晨都更加美丽。

　　当然，这也许是我昨晚一夜没睡——为了记录一个超棒的故事——的缘故。你知道的，缺乏睡眠会让我们的感觉十分敏锐，视野里的色彩也更加鲜明。

　　总之，今天早上，我记录下那个故事的时候，发现窗外已经亮起晨光。我探头向外看了一眼，立刻起身换衣服出门。

　　天空是我从未见过的暗色，像是透明的铅和晶石的蓝混合在了一起，像是夜晚纠缠着黎明不愿意褪去。一道长云横过半面天穹，如同巨大的天使翅膀，翼展边缘被初升的朝阳点亮。

　　我很庆幸我手头有相机。云的颜色、天空的颜色、阳光的强烈程度，每一秒钟都在变化。画笔跟不上那样的变化。我走在寥寥无人的街道上，一路将天空收进镜头里。

　　这几乎是最美丽的黎明，但我会把它排在第二位，因为第一位永远是故乡的那个早上。我还记得，我们手拉着手，在太阳还没升起的时候跑出家门，一路追逐着纵贯天空的长长火弧。那些云带在太阳升起的地方被点亮，向着四面八方伸展开去，起初黯淡如尘土和血，后来又明亮得像是火焰和花。

那个时候我就知道，和你一样清楚地知道，我们永远不可能成为爸爸和妈妈希望的那种人。那种在社会划定的格子里出类拔萃的人。我们不是那种人，我们背后是有翅膀的，虽然我们不能用它们飞上天去。

我们注定了要追逐这一切——奇妙的故事、夺目的美景、五彩斑斓的世界；我们注定了要畅饮这一切如同畅饮美酒，而生活则如此黯淡如同宿醉之后的头痛。

如果这就是按照我们本性活下去的代价，那我很乐意支付它。

暂时没有故事，我记录下来的大部分故事都需要整理。而且，我现在饿了，我要去弄一些鲜美多汁的肉食，然后很爽地吃上一顿。

给我写信，好吗？

爱你的莎德

××××××

莎德，我在写诗。

也许我是疯了。但我一直在写诗，很多的诗。

我也在找工作，但好像一直都没什么结果。妈妈很生气，也很担心我。而我……我不知道。她想让我回家找工作，我不想回去。

随信附上一首我最近写的诗。

你的凯玲

××××××

一头和蜂蜜结婚的熊

这是一个并非寓言的

寓言故事

关于一头熊

一窝蜂蜜

和一片苍茫的群山。

这是一头坚定的熊

它是如此地爱着蜂蜜的甜美

于是便娶了它

在整个漫长而炎热的夏季

以及丰饶的秋季

它舔食所爱

生活曼妙无比。

嘘

我们不谈论冬季

我们不谈论空空如也的洞穴

和枝头回荡的鸦鸣

我们也不谈论那头吃光了所爱的熊的问题

尽管群山间

有号叫声回响往复

麻雀们在枝头跳来跳去

它们说

不知道那头

爱着蜂蜜

娶了蜂蜜

吃光了蜂蜜的熊

最终去了哪里?

这是一个

关于失去和拥有的故事

关于爱和渴望

以及甜美。

年复一年

群山苍翠依旧

蜂巢挂在树枝间金光闪闪

有熊来访

依稀似曾相识。

Letter 13

Hi，亲爱的莎德。

递送信件的驴子又掉进河里了吗？我有一阵子没有收到你的信件了。

我毕业了，拿着一份不太好看的成绩单，最终找到了一家很遥远的学校，我决定去那里做一个教师。

家里人说，好的，好的，女孩子应该找一份稳定的工作。

仅仅在几个月前，他们还对我说，要考研，要考博士，要成为博士后，要一路厮杀，出人头地。

他们到底想要我成为什么呢？

又或者，他们只是接受了这个事实——在我还没有接受它的时候？

那座城市离家很远，比现在我就读的学校还要多坐十个小时的火车。我觉得那样很好。

我卖掉了自己的大部分东西，还有书和电脑，当我坐上火车的时候，我以为自己会哭，但是我没有。

我终于要有一份工作了，终于不用花家里的钱了。我一直觉得自己是个贼，从爸爸妈妈那里偷来他们的生活和财产，用以供给我在学校里的每一个日子。我觉得我在不停地亏欠他们，而且仿佛要永远地亏欠下去。在离开这座城市前，我用实习工资买了四年来第一份麦当劳，一个人用餐，却仿佛一场告别的盛宴。

我终于要有一份工作了。

我不知道当老师是什么样的感觉，我是说，真正的老师，不是实习教师。

你那里有没有关于教师的故事？给我讲一个吧。

踏上旅途的

爱你的凯玲

× × × × × ×

我亲爱的小鸟儿：

一头骡子，不是驴子，送来了你的信。这段时间，我们一直在白天休息，夜间赶路，以避开炎热得令人难以忍受的阳光。这样很累，还很困。我发现自己有了白头发，幸好路上很少有机会照镜子。这样我可以自欺欺人一段时间。

你说的关于"贼"的事情，让我想起我第一次来这个旅行团的时候，小心翼翼地推开旅社的门，问是否有人在。团长看到我的样子，疯狂地大笑起来，足足笑了十分钟。然后他告诉我说，他第一次看到一个身高一米七的女人，居然会惶恐得像一只偷偷摸摸的小耗子。

他用了"偷偷摸摸"这个词。当你说到"贼"的时候，我立刻想起了这件事。

有时候我会想，是什么让我们活得如此惶恐，如此战战兢兢、缩头缩脑？为什么我们会活得像个贼，像只老鼠，尽管看起来没有任何东西在追赶我们？

当然，有时候实际的威胁是存在的，比如说现在，我们都小心翼翼地躲开太阳，走在夜晚的荒凉石滩上。月亮非常明亮，而且看起来比在城市里看到的要巨大得多。团长的脾气很坏，他的妻子嗓门非常大，但心很好。

我在夜色下大步前行，一点也没有当初的那种恐惧和局促。其实，直到现在，我才稍微有点明白你说的"在别处找到家人"是什么意思。

随信附上一个关于教师的故事。有点怪异，希望你喜欢。

快乐而疲倦的莎德

××××××

石匠的故事

很久很久以前，有一位智者。他博览群书，知晓许多许多的真理。

他觉得，这些真理必须让更多的人知道，如果只有自己懂得，而别人只能浑浑噩噩地生活，那这个世界就太糟糕了。

于是他成了一名教师，开始讲学，四处寻找愿意学习真理的学生。他磨炼自己的口才，增加自己授课的趣味性，让他的学生们听得如痴如醉。他们相信他讲述的真理，在课堂上衷心地赞同他的观点，并在生活中将这些真理付诸实践。

他觉得非常满足。

但他的生活仍有一些不完美之处——总有那么一些人，并不完全认同他眼中的真理，或者干脆和他唱反调，拿出一本他没有读过的书，说这本书上的真理和他讲述的真理截然不同。他们质疑他、诘问他，甚至提出他们自己的真理。他不得不努力地试图说服他们，但每一次都收效甚微。

更糟糕的是，那些从他这里学习了真理的学生，在生活中遇到了和真理并不相符的事实，于是他们也回来诘问他。

这让他非常沮丧。

于是这位智者决定去寻找智慧之神，他想要得到真理的力量，那种不容置疑和无可辩驳的力量。

起初，智慧之神沉默不语。但后来，他祈祷了又祈祷，最终，神灵回应了他的恳请，降下奇迹的光辉。

他从那光芒中醒来，发现自己变成了一个哑巴，而且忘记了如何书写。

他茫然失措，不知道神灵为何要如此惩罚他。他空有真理，却无法宣讲；空有顿悟，却无法表达。他不得不放下教鞭，另谋生路。

他想起自己曾经很喜欢雕刻，但那件事和真理比起来太微不足道了，于是他就把它忘记了。

如今真理于他已经毫无意义，于是他拿起凿子，成了一个石匠。

时光荏苒，在沉默的工作中，他头脑中的真理都已消失殆尽、片缕不存。他开采岩石、雕刻形体；他沉默地注视这个世界，看走兽奔跑、飞鸟展翅，看花朵绽放、新叶抽芽。他把这一切都付诸手中的一把凿子，造出一座又一座精美的石雕。

昔日那些喜爱唱反调的人来拜访他，他们挑剔他雕刻的技巧，嘲笑他创造的主题，苛刻地评价他的作品。他很想反驳他们，但他只有沉默。于是他转过身，用坚硬的脊背对着他们，继续工作。

他的作品越来越多，越来越多。人们慕名而来，起初只有一个学徒，然后是两三个，十几个，几十个。

他们学习他采掘岩石的方式，描摹他手中雕像的线条，仿照他使用凿子的技巧。他们学习他所做的一切，而非他所知的一切。

许多年后，石匠完成了他最伟大的作品，转过身去，看到许多许多向他学习的年轻艺术家。他们仰望他造出的雕像，如同仰望真理一般虔诚。

Letter 14

Hi，莎德。

最近还好吗？要注意休息。你的故事我看了，很棒。"言传身教"，这四个字现在就写在我工作笔记的第一页上。

我现在每周上五天课，每天一节或者两节。毕竟不是主科老师，所以还挺清闲的。

但下个星期我就会忙起来了，副科老师会有很多带领课外活动的任务，因为主科老师很忙，所以这个学校都是副科老师当班主任，我还不知道我会被分到哪个班。挺期待的，也有点紧张。

学生们都很有趣，其中几个男孩子也在玩网络游戏，和我玩的是同一个。我决定不让他们知道我在玩，要不然就太丢人了。

不过教师这份工作和我一开始想的不太一样，尤其是会有一些琐碎烦人的事情，很多杂事都会被丢给新来的教师去做，而且我们还有一个非常非常讨厌的教导主任。他总是批判我们的"态度"。

"这是个态度问题。""态度不够好。""态度不够严肃。""你这种态度没有表现出合适的尊敬……"

如果我还是十二岁就好了，如果我不是老师的话，我就可以趁体育课的时候在他换下来的皮鞋里放毛毛虫。

真心的。

忙忙碌碌的

爱你的凯玲

××××××

Hi，我的小鸟儿。

我最近很好，旅行团搭上了一个车队，所以我们现在可以在白天赶路了。大部分时间我都在补觉，不困的时候就起来去和朋友们玩牌。

新加入的那对夫妇带来了一套新的牌戏，叫"耳边低语"，虽然我更喜欢称它为"左右摇摆"。

游戏牌分为两种——事件和资源。你要扮演一个古代的领主，或者未来银河帝国的领主，或者一个总统，随便什么都行。你和其他领主，也就是玩家，随机分配到数张资源牌和事件牌，然后每个回合还可以抽取若干张。

事件牌是用来打的，也分两种。一种是天使牌，可抽取若干点资源，也可保护自己不受此轮事件影响等；另一种是恶魔牌，比如召唤一场沙尘暴来消耗对方的资源，或发起一场战争来消耗双方的大量资源。

当一方的资源被清空后，或者所有的事件或资源牌耗尽后，游戏结束，开始结算。

结算的不是资源。虽然耗尽对手的资源或者你资源多，你就在某种程度上获胜了，但如果结算时你的恶魔牌多于天使牌，你就会被尊称为"恶魔领主"，恶魔会收走你的灵魂。反之你就是"圣光领主"，也许你耗尽了资源，领民也都死了，但只要你的天使牌足够多，就可以上天堂。

是不是很讽刺？

我喜欢这个游戏，因为它很有弹性，我们发明了好几十张新的事件牌，每一张都让大家捧腹大笑。

比如这张天使牌：你在对手的领域召唤了一场神迹，因此对手的农民涌入教堂，不事生产。此轮无法抽取资源牌。

还有这张恶魔牌：你沉迷于享乐，一大群商人慕名而来，令你的都城更加繁荣。你可以多抽取三张资源牌。

等下次见面的时候，我会把这副牌带给你，它真的很有趣。

随信附上一个同样有趣的故事，和你的教导主任，嗯，有那么一点儿关系。

爱你的莎德

两只青蛙的故事

很久很久以前，有两只青蛙，他们共同住在一个小水塘里。

其中一只青蛙年龄比较大一些，因此总喜欢教训年轻的那只，对他指指点点，挑剔他的毛病。

年轻的青蛙为此又愤怒又苦恼。

老青蛙总是喜欢做一些事情，在年轻的青蛙眼里，这些事毫无意义。

"我是这个池塘的王。"他说，"我封你为这个池塘的首席大臣。"

年轻的青蛙可不觉得自己是什么首席大臣。他觉得自己很渺小，而且老青蛙可笑的行为让他觉得自己也变得很可笑了。

他不明白老青蛙为什么不能表现得更明智一些，或者更体面一些。因此他很生气，对着老青蛙大吼大叫。而老青蛙只是宽容地叹息，说："你看，等你老了，你就能理解了。"

年轻的青蛙说："不。"

他打点行囊，踏上旅途，走过了很多地方。他见过了湖泊和河流，见过了海洋和风暴。

很多年后，机缘巧合，他又一次回到池塘里，和老青蛙相遇。

"啊。欢迎你回来，我的首席大臣。"老青蛙说。

不再年轻的年轻青蛙坦然微笑，说："好久不见，池塘的王。"

他和老青蛙长夜共饮，然后再次踏上旅程。

Letter 15

亲爱的莎德：

教导主任的确很胖，不过嘴巴不够宽。

我做了个梦，梦见我们坐上一列回家的火车，梦里的城市有一个好大的书店，但和我见过的任何一家都不一样。我在那里挑选自己过去不敢买的漫画书，还有很多很多的贴纸。

当一个老师有很多事情要做，包括没收学生的"闲书"。莎德，我还记得，当老师从我们手里把书抢走的时候，爸爸把我们看的书扯碎的时候，我们的尖叫声和哭声。

现在我是个老师了。

昨天检查的时候，我没收了一批书。在和那些孩子谈过之后，又把书还给了他们。同事说我不应该太心软。但是，我曾经坐在那些孩子坐着的地方，我曾经是那个被抢走漫画书的孩子。

也许我真的不适合当一个老师。

梦里我又成了个小孩子，把漫画塞进毛衣里，冰凉的封面贴着衬衫，渐渐变暖。我装作什么事情都没有发生地回家，然后把书抽出来，藏到床垫底下。

我们在床垫下面藏了那么多的书。不过经过那次火灾，应该都被烧光了。

对了，你给我的地址真的没问题吗？那是个什么地方啊，太奇怪了。你真的能收到我的信吗？

给我回信。我想你了。

忙忙碌碌的

爱你的凯玲

× × × × × ×

亲爱的凯玲：

不必担心地址的问题。我总是会收到你的信，无论我身在何方。

说起来，昨天我还收到了妈妈的信。

她邀请我去她的新屋住上一段时间。我想了很久，最终还是给她回信，说，我的旅途很长，而且很忙碌，很抱歉不能回家。

没错，她说的是"回家"。

然而她指的是那栋新的房子，不是我们一起生活过的老屋，而且阿公和阿婆也已经过世多年了。

朋友劝我说，家不是房子，家是你回去看望的那些人。

但是……爸爸妈妈和我们在一起生活的时间其实很少。我们小的时候，他们在外面工作，把我们交给阿公和阿婆照看。等他们回家来，我们又长大了，要出门读书了。

我们不怎么了解他们，他们也不怎么了解我们。我们和他们成了这世界上最亲密的陌生人……

说真的，我害怕回家，害怕"回到"那个陌生的地方。我不得不面对事实：我们称为家的那栋房子，很久以前就已经消失了。很多曾经住在里面的人也已经都走了。

我恨那场火灾。它烧光了一切，没留下什么让我们能够去想念和回忆的东西，甚至连阿公和阿婆的合照也被烧掉了，还有那么多那么多的……

小时候，我们在一起看过一部漫画，里面说"不必留什么纪念品，我们自身就是对逝去之人最好的纪念"。但其实，我一直觉得那句话是在自欺欺人……

不说伤心的事了，说点开心的事吧。在这么久的跋涉之后，我们终于抵达了特莱兰。这里是一个中转站，许多条路都通向这里，也可以从这里出发。我想办法弄了一个稳定的通信地址，这样你就可以写信给我，不必担心我在世界之外的哪个角落里而无法收到。

这里有很多特莱兰人，他们是天生的故事大师。所以这儿有很多很多的故事。我写满了好几个本子，从中闭着眼睛摸出来一个给你。

祝阅读愉快。

特莱兰人的故事之二

特莱兰人相信：每个人的生命都写在三本书里。

第一本书是谎言之书。这里记载着你这一生遇到过的和说出的所有谎言。这些言语仿佛无穷无尽，它们或是为了利益，或是为了荣誉，或是为了爱与保护。这本书的书页厚重，每一个字都墨色深染。毕竟，人们鲜少记得你安静的诚实，但绝不会忘记你铿锵有力的胡话。

第二本书是爱之书。这里记载着你给出的与得到的所有的爱。父母之爱、子女之爱、男女之爱、亲友之爱……这些爱都是用金色的文字写就的，就像是朝阳刚刚升起时映在露珠上的闪耀光彩，而它们存在的时间也如同晨露一样短暂。

第三本书是沉默之书。在这本书里，既没有文字也没有书页，只有纯黑色的封面和封底，当你翻开时，内侧是完美的纯白。

然后他们会说："一切已经记载其上。生命始于啼声嘹亮，终于缄口不言。"

Letter 16

Hi，莎德。

特莱兰是个什么地方。听起来你的旅途越走越远了。

我最近的生活很平淡，没什么可说的。朝九晚五，上班下班，每天给六个不同班级的孩子讲同样的课，批改作业，然后玩会儿游戏。

我开始学着自己做饭了，不过这边的厨房都是使用煤气管道的。我一直不喜欢煤气灶和明火，所以打算买个电磁炉，但还没行动。

所以这段时间，就是这些普普通通的无聊小事。要说不那么无聊的事情的话……和我合租现在这间房子的是一个很有趣的女人。她的嗓门大概是老妈的十倍。

你真该听听她发现屋子里有老鼠爬上灶台时的那声尖叫。后来我们发现窗台下面有只老鼠死了。

她坚持说是老鼠药的缘故，但我总觉得是被她的尖叫吓死的。真的。

我还在写诗。最近的诗都很平淡，就不给你看了。

新的住处有一个大阳台，还有一张大床。如果你回来的话，我们可以一起住一阵子。

给我回信。

想念你的凯玲

× × × × × ×

亲爱的凯玲：

我已经离开了特莱兰，最近在一个没有名字的小镇落脚。这地方就叫"镇子"，因为方圆数千公里就只有这么一个镇子，所以它根本不需要名字，只要说"镇子"，大家就都知道了。

这儿的天空是那种浅淡明亮的蓝色，时不时可以看到风鱼悠游而过。这种生物的身体是半透明的，骨骼很柔软，是白色的。小的风鱼可能只有手指大小，但大的风鱼可能比一座城市还大。

我曾经见到一条小小的风鱼落在花朵上啜饮露珠，它们好像只需要水和阳光就能生存。

有时候，雷暴来临之前，可以看到成群结队的风鱼逆着狂风游动，聚集在云团的四周，吞食那些云朵，又在暴雨落地之前四散而去。它们的皮肤很轻又薄、又坚韧、又透明。

镇子建造在风鱼的墓场附近，那里同时也是风鱼的孵化地。当一条风鱼决定自己的生命应当结束时，它就会开始唱歌，直到另一条和它有同样看法的风鱼出现。它们成双成对地缠绕着在天空中飞行，飞向这片墓场。

在这里，它们的身躯会融合在一起，然后解体。从里面诞生出许多许多小小的风鱼。而剩下的残骸，镇上的人们会前来收捡，把皮和残余的骨头做成生活用品，然后出售给时不时前来拜访的游商。

我在这儿认识了一个生物学家，他的故事很有趣，我记了下来，随信附上。

祝阅读愉快。

爱你的莎德

生物学家和风鱼的故事

生物学家在很小的时候，就已经学会了很严谨的思考。

对他而言，世界上的一切都必须有其原因，有其结果。一切事物都有规律可循，太阳必然朝升暮落，水必定向着低处流淌。他学习这些知识，并感到心满意足。

对他而言，不仅是这些无生命的事物，就连有生命的事物，在他的眼中，也注定有其因果。春天必定鲜花盛开，秋季树叶肯定会落下；结霜时果实会变甜，而鸟儿则应时南飞。

他的眼中，因果便是一切，人也概莫能外。一个粗暴的男孩必定有一个残忍的父亲；一桩幸福的婚姻，肯定是源自两个教育良好的家庭；对某种东西上瘾的人，心里注定有个空洞。

他相信这一切，并且相信这就是一切。因此，当他看到风鱼的时候，他觉得他的世界崩塌了。

"鱼怎么会生活在空中呢？"他绝望地问。

镇上的人们只是笑笑，看着那些巨大的半透明生物在风中悠游而过。

"这不合理。"生物学家愤怒地说，"这些生物并不吸收光的能量，它们只吃云彩要怎么活下去？它们靠什么抵抗重力，飘浮在空中？它们没有DNA也没有性别，是如何生育后代的？"

他对着一个女人大声抱怨，而那个女人只是耸耸肩，把风鱼的皮剪了又裁，缝成上佳的风帆。

生物学家很沮丧。

他来到这里是有原因的。他曾经喜欢一个很好的女孩，但那个女孩有时候会毫无原因的心情低落，而他就会很紧张地询问她原因。

"没有什么原因啊。"女孩说，"就只是心情低落而已。"

生物学家无法理解。对他来说，一切没有原因的东西都是很可怕的东西。心情低落如果没有原因，那就必定是有很可怕的原因，可怕到女孩不肯告诉他。

女孩总会无奈地说："真的没有原因。"

他无法理解，而女孩也无法理解他为什么要不停地问她心情低落的理由。对她来说，心情低落就是心情低落，不需要因果。

而生物学家不能接受一个没有因果的世界。

他们分开了。生物学家很痛苦，他决定去周游世界，寻找万物中因果的和谐。

然后一条风鱼撞在了他的脸上。

他很生气，生自己的气，生那个女孩的气。当然，最主要的，还是这些风鱼惹他生气。它们根本就不应该出现在这个地方，就像女孩的心情低落一样，如果一件事没有理由，那它就不该存在。

镇上的人都很忙，没人理会他喋喋不休的追问。他好不容易找到一个闲着没事儿的老头，大肆向对方倾倒自己的苦水。老头点点头，听着。

他说啊说，说了很久，累了，就喝了点酒，躺在老头身边的凉席上睡着了。

等他醒来的时候，他发现自己身处的竹楼飘浮在空中，事实上，是在一条巨大的风鱼的背上。那个老头笑着看他，往杯子里倒了点酒。

"这不可能。"他说，"这一切都不应该发生。"

"哦。"老头咕哝着，未置可否地斟满了他的杯子。

风有点凉，阳光很明亮，远处有层云翻卷。风鱼缓缓游动，而他和那个老头，还有老头的家人们都在这条鱼的背上。他知道本地人有时候会乘鱼迁徙，但他不知道天空是如此纯净。

"这鱼会去哪儿？"他问。他不肯放弃，即使一切没有因果，他也一定要知道自己的来路和去处。

但老头儿只是摇了摇头。

"没人知道。"想了想，老人又补充，"鱼知道。"

生物学家叹口气，坐下来喝酒，一直喝到烂醉如泥。仿佛有什么东西从他的身体里飘走了，留在了那片凡事皆有因果的大地上。

然后他像孩子一样，开始号啕。

Letter 17

Hi，莎德。

风鱼的故事很棒。我读它的时候，恰好是在一个晴天，风很安静，很舒心。

你的信被送达的时候，棉城已经到了秋天。这里的秋天很少有树会落叶，大部分树木的叶子只是变成更暗沉的绿色。周末的下午，我走了很久，才找到一条种满法国梧桐的街道。它们的叶子已经开始发黄卷曲，圆形的金黄色果子在叶片间摇荡。我在街边的长椅上坐了一会儿，装作我真的能理解这个城市的季节。

我想家，莎德，我疯狂地想家。

我想念家乡秋季那高旷的天空，那一尘不染的蓝色。这里的天空总是满布阴雨，我不得不打开电脑，在游戏里找一张有晴朗天空的地图，装作自己看到了阳光。我想念干燥的风和金色的落叶；我想念地面上细碎的白霜和唇齿呼吸间微微的寒意；我想念草垛、柴堆和成片成片收割过的玉米地；我甚至想念蚂蚱、蜻蜓和蝈蝈。这座城市里只有蟑螂，每一只都足有火柴盒那么大。

今天早上我开窗的时候，在窗棂上发现一只死掉的粉蝶。干枯了，蜷曲着。

只有这一点不会改变，无论是这里的秋天还是故乡的秋天，所有在夏季盈盈飞舞的昆虫、所有美丽的和不美丽的翅膀，都会悄然落下。

我知道，我知道！我知道自己看起来多愁善感，而且无病呻吟。妈妈是这样说的，他们都是这样说的。说我是那种会为死掉的蜜蜂哭泣的笨蛋，那种会在秋天变得忧郁，会为了日出的颜色而欢笑的傻瓜。他们说这一切都无足轻重，我只是大题小做。毕竟生活如此艰辛昂贵，我不应该浪费时间感伤季节的更迭。

他们说这一切都毫无用处。无论是高旷蓝天里翻飞的黄叶，还是午后温暖阳光下最后一次振翅的蝴蝶，都不可能为你的生活增加那些真正有用的东西，金钱、人脉、成就、工作……

当我写诗的时候，他们嗤之以鼻，说这是无用的文人的愚蠢。

我真的很想告诉他们，这无关艰辛，也无关聪明或者愚蠢。我拥有我自己所有的时间，只有我能定夺它们是否被浪费了。

而我的回答是：没有。

我不可能停下写诗，就像我不可能停止注视这一切。我没有他们那样坚韧的意志，也没有他们那样理智的情感。悲伤和快乐都是从我的心跳中流淌出来的，不会因为被评判为"无用"就停止。事实上，"他们"尽可以去生活，而我尽可以去写诗。

毕竟，生命太微小了，以至于唯有无垠的世界才能盛装它。

我坚信这一切，莎德。我真的坚信。

但为什么当我意识到自己和别人的生活方式截然不同的时候，我还是非常非常害怕呢？

给我回信。

如果可能的话，给我一个答案好吗？

爱你的凯玲

× × × × × ×

Hi，凯玲。

在读你的来信的时候，我坐在一辆发出"突突突"声音的拖拉机上，道路颠簸得就像是在给我的屁股做非常粗暴的按摩。

和我一起同行的是两个Albald人。我没法拼出他们的名字，我也听不懂他们的语言。我花了几个小时打手势和哇啦哇啦之后，我们达成了一些共识，现在我正搭乘他们的拖拉机前往下一个旅行的目的地。

他们试着和我交谈，但说真的，我们谁都没法弄清楚对方在说什么。所以后来，他们两个聊了起来，叽里呱啦，开心无比。我在一旁，听着我听不懂的话语，但他们笑得很开心，我也就跟着开心了起来。

到了下一站，又一名旅客上车了，他会说我们的语言。我向他介绍那两个人，并告诉他虽然语言不通，但听他们说得开心，我也很开心。

他说："你怎么知道他们不是在嘲笑你呢？"

那个瞬间头顶的万里晴空，好像一下子就阴暗了下来。我并不认为他是对的，毕竟我们的旅伴更多时候是指着稻田和拖拉机在谈笑。但他的怀疑像是浸染了我的头脑，不停地在我的念头中盘旋。

他问我要去哪里，做什么。我告诉他，我并不知道要去哪里，当我觉得适合下车的时候，我就会下车，然后继续我的旅行。我也并不做什么。

他似乎不能理解我的回答，又重新问我是以什么为生。我说，我出售旅途中收集到的故事和拍摄的风景，总有人愿意花钱购买他们，或者愿意为此请我吃一顿饭。

听到我这样说，他大惊失色。

"你难道不考虑一下未来吗？"他说。

我告诉他我考虑过，我在一座小城市有一间小公寓。当我不想旅行的时候就会回去居住。我说我有一些存款来应对不时之需，但他似乎仍然没有理解我的回答。

"我说的是真正的生活。"他强调道，"你难道不想要真正的生活吗？"

于是我反问道："你呢？你这是做什么去？"

他说："我要去东边的那座城市，在那里辛苦工作、赚钱养家、孝敬父母。"

我问他："你难道不想快乐地旅行吗？"

"当然想！"他说，"但那种事对我来说太奢侈了。"

"没错。"我回答他，"你说的那种'真正的生活'对我来说也太奢侈了。"

他不明白我的话。我们瞪着彼此，面容愁苦，而旁边的那两个人却不停地大笑着。于是我丢开他，加入那两个人的对话里，听他们交谈和欢笑，渐渐地又感觉到很愉快了。

直到下车的时候，那家伙还在生气，但我没有理会他。

另外两名旅伴将我送到了这座新的城市，我们笑着挥手告别彼此。

这里有一个很大很大的图书馆，里面的书籍是如此之多，以至于只把书目浏览一遍，都要耗尽普通人一生的时间。于是我索性用丢骰子来决定自己去哪个书架。

后来我找到了一个很有趣的故事。它或许可以解释一些我的困惑，但我不知道它能否帮上你的忙。

祝阅读愉快。

祝生活安好。

爱你的莎德

两个部落的故事

很久以前，有两个彼此世代为敌的部落，住在同一片森林里。他们分别叫自己伊利昂人和提尔兹人。他们相貌一致、肤色毫无区别，却坚信彼此截然不同。

在伊利昂人的传说里，世界是由提尔兹人创造的。在提尔兹人创造这个世界之前，所有的人都住在一片没有痛苦和冲突的幸福天堂里，在那里一切都和谐而完美。

虽然提尔兹人创造了这个世界，但是他们的技艺不够好，不如真正的神灵，因此他们创造的这个世界里充满了痛苦、疾病、饥饿、欺骗和杀戮。人们被迫居住在这个不完美的世界里，忍受着这一切。只有当最后一个提尔兹人也死掉之后，人们才能回到幸福的天堂之中。

怀抱着这样的信念，伊利昂人坚定地生活着，当他们崴了脚、呕吐、从岩石上跌落或者患上痛风的时候，他们会把这一切都归罪于提尔兹人，然后继续他们的生活，并计划着下一次对提尔兹人的进攻。他们为谎言、欺骗和暴雨诅咒提尔兹人，为没能顺利出生的孩子和严重的腹泻而诅咒提尔兹人，毕竟，是提尔兹人创造了世界，他们理应对这一切痛苦负责。

有趣的是，提尔兹人的传说和他们的几乎没有什么区别，只不过在他们的神话中，创造世界并应当为这一切负责的，是伊利昂人。

在这样的彼此憎恨与攻击中，两个部落度过了许多个世代。

后来，有一年，山洪暴发了，滚滚洪水冲向提尔兹人的营地，随之而来的是一整面山坡的崩塌，整个提尔兹人的村庄都被掩埋在下面。

洪水过后，伊利昂人按照惯例诅咒提尔兹人，并打算进攻他们。但当军队抵达那里的时候，他们才意识到，提尔兹人已经灭绝了。

但世界还在。

"这一定是提尔兹人的错。"伊利昂人的巫师坚定地说，"他们一定在某个地方留下了后裔，并把他们藏了起来。"

于是这些伊利昂人分头行动，组成许多支远征队，寻找着提尔兹人的后裔。

鉴于我们所在的世界依旧存在，而且腹泻、痛苦、饥饿和杀戮也仍然存在，我猜想他们自始至终都未能成功。

即使是在今天，你也可能会遇到一个伊利昂人，他有着坚定的目光和不变的信念。他会告诉你，一切都是某个人或者某些人的错，只要他们不存在了，世界就会变得无比和谐与完美。

要小心！

因为他们有可能认为，你就是一个提尔兹人。

Letter 18

莎德。

你的故事来得非常应时。我上个月和教导主任吵了一架，更准确地说，是他在训斥我，而我拒绝听。我们现在简直就像是伊利昂人和提尔兹人一样。

事情的起因是一次普通的学生课外活动，我设计了一套很有趣的方案，学生们也很喜欢。我们这样子做了两个星期，每周三的下午，大家都很开心。

但昨天教导主任来看了之后，把它否决了。他说课外活动应当"更有教育意义"，而不是"嘻嘻哈哈"。

我很困惑，于是向一个年龄比较大的老师寻求帮助。她向我解释说："那些孩子笑得太响亮了，这样不好。"

你能想象吗？他嫌我们的快乐太多了！

我向主任提出了抗议，而他告诉我，不，这件事不讨论。就按照他说的做，而且已经决定了。从下个星期开始，这个班级的课外活动要改成读书，而且是指定的书。然后他列了一张书单，说这是正确的事。

我不喜欢这样，莎德，我非常不喜欢这样。我的学生也不喜欢。最终我们按照他说的做了。我们做了正确的事，但所有的人都不开心。教导主任也不开心，因为我们没有像他期望的那样——"有一个很好的态度"。

后来我向另一个朋友诉苦，他却把我训斥了一顿。他说快乐教育在现在是不会成功的，他说给孩子太多的快乐会让他们无心学习，并且会让他们沦落成社会上的无用之物。

我想告诉他事情不是这样的，我想说你完全可以很开心同时又学到东西。我想说即使是枯燥的知识也可以变成快乐的汲取，只要有合适的方法，快乐并不和学习相违背。

但我什么都没有说，我疲倦得什么都不想说。

我一直想做一个老师。现在我真的是一个老师了，却发现我教给我的学生们的东西，要么没有意义，要么没有用，要么两者皆无。

呵呵。

啊，说了好多我的事情。你最近怎么样了？说起来，妈妈新买了一只小狗，她给我打电话的时候听起来非常开心。

想你了，给我回信。

你的凯玲

×　×　×　×　×　×　×　×

亲爱的，抱抱你。

你的煤气灶换成电磁炉了吗？如果换了的话，记得买一口好锅。

随着天气转冷，旅行也变得困难起来。我找了一处村落，暂时住了下来，重新整理行囊。

每次整理行囊都是一件很有趣的事，同时也很感伤。背包的容量是有限的，我能携带的重量也是。所以我不得不丢掉那双防滑鞋，尽管它非常适合在冰川上行走，但我们接下来很长一段时间都要在平原上旅行。我买了一根更结实的旅行手杖，用来取代被潮湿天气弄得弯曲变形的那根。

　　我在集市里摆了个小摊子，卖掉了那些一路旅行得来的小物件。有一些纪念品、首饰，还有很多稀奇古怪的东西。我又顺手买了一个铝制的水壶，代替那个已经老化的塑料水瓶。

　　在之前的一路旅程中，我总是努力保留很多的东西，好纪念每一个我经过的地方，但最终还是不堪重负了。后来我决定，除了一些非常重要的人写给我的书信之外，其他的纪念品都要卖掉，或者一开始就不带上。说到底，所有的旅途都在我的记忆里，而如果我忘记了……

　　那就忘记了吧。

　　遗忘是诸神给予人类的恩赐。我遇到的一个僧侣如是说。

　　随信附上一个有趣的故事，是关于老师、学生和成年礼的。这个故事是我自己整理记录的，就发生在这个小镇上。

　　希望你喜欢。

　　祝快乐安好！

爱你的莎德

成年礼的故事

　　在这个无名的小镇上，每年都要为年轻人举行一场成年礼。所有年满十四岁的孩子都会参加。

　　这里的很多风俗和我们的世界迥然不同。比如，这里的葬礼是欢天喜地的，所有人都快乐地大笑、喝酒、唱歌，祝贺那个人离开了磨难与波折，回到了宁静的灵魂世界。

　　而成年礼却像我们的葬礼一样悲伤。

　　我告诉镇上的人，在我们的世界里，我们相信孩子们长大之后是注定要去改变这个世界的。他们的眼睛能看得遥远且清楚，他们的心快乐而宽广，而且他们承载着世界的未来。

镇上的人很惊恐地看着我，说："你们是多么残忍，才会这样想啊？"

后来我才发现，这里的人认为，年轻人承载着的并非未来，而是整个时代的过去。这些孩子们被按照旧时代的方式教育出来，却要被投掷到新时代的岁月中去，挣扎求生。

镇上的长老邀请我参加了今年的成年礼。典礼在午夜时分举行。那些年轻的，即将不再是孩子的孩子们，跟随他们的父母或监护人前往镇外，在那里有一堆巨大的篝火，白天就已经燃起，如今已行将熄灭。

他们围绕着篝火的余烬，手拉着手，唱起忧伤绵长的歌谣。长老们走进去，将孩子们一个个从他们父母的手中牵走，离开温暖的余烬，走进外面深冷的黑夜里。月光如同冰水般在大地上流溢，照亮这些年轻而懵懂的脸庞。

"从今天起，你们将被丢进未来。"长老说。

——孩子们，从今天起，你们将被丢进未来。这苦痛甚于你们出生时离开母亲温暖的身体，更甚于你们离开摇篮蹒跚学步。

你们曾被保护，你们曾被庇佑，但如今这一切都已离去。

你们的父母教给你们的一切，以及你们的老师教给你们的一切，都是属于过去的。而属于过去的注定要被未来吞噬。

今夜，我给予你们允许，允许你们日后在苦痛中诅咒。

我允许你们诅咒你们学到的正确的事物。因为在将来的某个时日，它们将不再适合这个世界的变迁，并令你们茫然失措，寸步难行。

我允许你们诅咒你们被错误教导的时刻。因为在将来，这些错误必将成倍地出现，令你们跌倒了又跌倒，受伤了又受伤。

我允许你们诅咒你们身后的和面前的，以及你们所爱的和所憎恨的。因为你们被父母家人所期待着，这期待是如此沉重，将会令你们脊背弯折，呼吸艰难。

我允许你们诅咒痛苦，我还允许你们诅咒快乐。因为你们将经历的痛苦是如此深远，以至于快乐已经成了一种出卖和背叛。

我允许你们诅咒这个世界，抑或诅咒我。我允许你们哭泣、愤怒、沉默抑或叫喊。

现在，我为你们斟满面前的酒杯。我希望你们记住，你们被允许做这一切。你们将带着这样的许可走进未来，你们将在那里战斗、求生、受伤和飞翔。

我允许你们去憎恨。

我允许你们去爱。

畅饮吧，年轻人们。

生命是如此的微不足道。

如果还不允许自己畅饮整个世界的话，那未免就太苛刻了。

Letter 19

莎德！

你究竟旅行到什么地方去了啊？这里是六月，正要开始热得满地冒烟。你那里居然开始变冷了吗？

我喜欢那个成年礼的故事，在"教导主任指定"的读书课堂上读给我的学生们听了，还好教导主任没来，如果他知道了估计会很不开心。

但我想他肯定会知道的。我的学生里有人给他打小报告。

唉。

等这个学期的期末考试结束后，我一定要出去好好地玩一圈，把攒下来的工资都花光。

说到整理东西，我最近也开始整理东西了，从学校的宿舍里搬到了租来的房子里。来的时候，说着"一只旅行箱就够了"，结果东西越来越多，搬家公司装了整整一车。

我上辈子大概是条龙，死抱着财宝不撒手的那种。

最近和学生们闲扯聊天，听到一个很有趣的故事。随信附上。

对了，你如果一直收集信件和故事，岂不是要背着一大堆的纸走来走去？很重的啊！我搬家运书都要烦死了。

给我写信，给我写信。不过我可能要等旅行回来再给你回信了。

等候放假的

爱你的凯玲

×　×　×　×　×　×

树的故事

很久很久以前，在一个很遥远很遥远的国家里，生长着一种特殊的树。

这种树有着翠绿的叶子和柔软的枝条。而且它可以长成任意大小，在一个花盆里也可以枝繁叶茂。若是给它一片肥沃的土壤，就可以长成参天大树。

很多本地人喜欢在家门口或者院子里种一棵，甚至是在阳台上种一棵。他们会把这种树视为自己生活品质的象征——你给它更多的水或者肥

087

料，它就会回报你更茁壮的生长。

后来，种植这种树木渐渐变成了一种攀比：一棵高大茁壮的树木的长成意味着这个人拥有更多的财力和时间去照顾它。即使你的生活平淡无光，但在院子里种下一株美丽的树木，顿时可以令你的邻居对你刮目相看。

有些家庭会把所有的精力都投在他们的树木上。"我们做的所有的事情都是为了这棵树呀。"他们会说，"它怎么可以长得不够高大呢？"

然而，没有人能够永远拥有这些树——这些树可不是我们世界里那种乏味的固定不变的东西。每隔十七年，当第二个太阳在地平线上升起时，这些树木就会抽出自己的根须，离开它们生长的土地，成群结队地前往远方的海滨。

在那里，它们会走进大海，在海风中飘荡，在波浪间载沉载浮。它们会开出美丽的金红色花朵，并结出丰硕的果实，孕育下一代。

大部分人会接受这种事，但有些人不能忍受自己投入如此多精力的东西就此离开，他们会打造铁链，把树拴在院子里。最初，这些树会努力挣扎，前往大海。但在错过一两个繁殖周期之后，它们就会放弃，从此扎根在院子里，即使你拿走铁链，它们也不会抽根离开了。

在主人的精心照料下，这些树会长得非常非常高，直入云霄。

但它们永远永远都不会开花。

Hi，凯玲。

信件收到。

我现在正在拜访"大书库"。

回答你的疑问：我把重要的书信和故事都收藏在这个地方。这儿的管理员是我的好朋友，我们都很喜欢读书，也喜欢收集各种故事。

这里的书架从头走到尾，要走整整一天。

如果我旅行累了的话，会来这里歇脚，或者去特莱兰。当然，这里不是我的首选之地，因为要保护那些脆弱的书籍，这儿常年不见阳光。有时候我都想把管理员老兄拽出去晒晒太阳，他实在是太苍白、太缺乏运动了。

我们都很喜欢那个故事。

爱你的莎德

Letter 20

莎德。

旅行回来之后，我辞职了。

如果要说原因和理由，大概信纸是装不下的。所以还是把我写的诗发给你好了，我知道你看了就能明白。

别担心，我还没疯狂到想要靠写诗来养活自己。

如释重负的
爱你的凯玲

无题

为什么不那样做呢？

装作自己还活着，

努力地拍动翅膀。

找一份绝望，

装作自己真的可以拯救。

创造一个敌人，

一个魔鬼，

一个爱人。

装作自己是在地狱的深渊里

勇敢地挥舞长刀。

欢乐如雨般降落到我们的身上，

令我们沉溺。

有谕令来。

你不可贪恋现时，

须放眼长远。

有谕令来。

你不可活在世外，

须着眼当下。

遵从吧，

同时向着东南西北奔跑，

若做不到便是不可原谅。

听。

到处是道貌岸然的牙齿，

声声厮磨。

嘘。

你这痴妄的鱼，

滚去用双脚行走。

所以，

为什么不那样做呢？

装作自己还活着，

在四季节律中引吭高歌。

找一个预言，

装作自己并不害怕。

舔舐一份痛苦，

反反复复地要求自己流血，

以证明哭泣是真的。

爱如雪花般纷纷扬扬，

令我们的灵魂长满了冻疮。

有一个谎言说

我们原本可以完整而纯粹。

千万不要——

将孤独归还给孤独，

将泪水归还给泪水。

世界戴起假面，

绝非没有因由。

为什么不呢？

高高兴兴地离去。

畅享面前有毒的狂欢。

明天早就被埋葬了，

正横躺在坟墓里，

泥土给予它深深的拥抱，

正如同爱人许诺过的那样。

所以，

为什么不那样做呢？

我们注定如此，

每一寸挣扎都注定流血。

注定，

我永不停止。

嘘。

有个声音说，

救赎在那一刻的寂静中降临。

Part 3　蛹

Letter 21

Hi，凯玲。

来信收到。我很担心你。工作怎么样了，我是说，你现在的收入足够生活吗？如果需要帮助的话，就告诉我。

钱暂时还不是问题，但生活……生活就是另一回事了。

我今天过得很糟糕，和昨天一样糟糕，还有前天和上个月。旅行让我疲倦不堪，并且很难找到一个可以休息的地方。

昨天我吃坏了肚子，于是在旅店的床上窝了两天。幸好还有这场雨，让山谷里的闷热变成了可以忍受的湿凉，但也只是勉强可以忍受而已。半夜醒来，我觉得手肘和膝盖就像是被灌了水一样酸疼。

妈妈给我打了个很长很长的电话，她反复地说，我应该回家去，不要继续在外面漂泊了。她说我应该找个男人结婚生子，她说我已经飘得太久，就算是一片落叶也会想要归根。

我不知道该如何跟她解释我现在的生活。她不会理解的，不会理解你，不会理解我，更不会理解我为何要一直旅行，一直流浪下去。

有时候我会想，我会想如果……如果我能够从我的旅途上转身回头，如果我能够应对那一切，如果我能够做到，成为让她满意的女儿。

或者，如果我更坚强一些、更好一些、更有力量一些……

再写下去我大概会哭出来。

（一些水渍）

好吧，我确实哭出来了，哭过之后感觉好多了。

给我写信，凯玲。请务必给我写信。

你的莎德

× × × × × ×

亲爱的莎德：

我搬了家，找到了一份新的工作，是兼职，时间上很自由，财务上也是。

我还养了一只猫，买了一台新电脑。

现在早上想什么时候起床都可以。

为了打发突然多出来的时间，我在戏剧培训班上了一个星期的课，刚刚回到家里。邮递员把你的信从门缝下面塞进了屋子里。猫用它磨了爪子，信封彻底报销了，还好信纸没事，只不过需要粘起来读。

戏剧课真的非常棒。我的老师说，他会在各地巡演，也许某天你会在特莱兰遇到他。

我现在很忙碌。戏剧课、工作、要学习的新东西，还有猫。

妈妈这几天没有用结婚的话题来催促我，看来她把能量都用在你身上了，又或者是因为我告诉她说戏剧班有个帅哥。

当然，我没告诉她那个帅哥不宜勾搭。

想哭的话，就哭出来。据说那样会好些。我对此经验不多。不过，如果你觉得湿冷的话，早上起来洗个热水澡会有好处。

对了，你最近都没有在收集故事吗？我在戏剧班帮你收集了一些。随信附上，还有猫的近照。

祝旅途顺利。

爱你的凯玲

七扇拱门的故事

很久很久以前，在某座遗世独立的小岛上，不知道是什么人，也不知道是谁，修建了这七扇拱门。有七个神灵守卫着它们。

据说，如果你能穿过这些拱门，你就能得到世间无人可得的珍宝。

要抵达这座小岛，你需要渡过波涛汹涌的大海，穿过猛兽出没的森林，打倒身穿铠甲的一整队守卫，并挑战一头正在牙疼的龙。

千辛万苦之后，你将会抵达第一扇门。穿过这扇门，你将会得到大量的金银财宝……而第二扇门就在前方等候着你。

但有一个条件：如果你想穿过第二扇门，你就必须放弃穿过第一扇门之后你获得的一切财富。又或者，你可以就此停下来，带着那些财宝返回故乡。

绝大多数人都在此止步。

有些人穿过了第二扇门，他们或者足够疯狂，或者足够富有，或者另有所求。

在这道门的背后，是一座高耸入云的巨大图书馆。这里面的书籍不可计数，还有一个妖精会帮助你找到你想要的任何一种知识。你可以任选三本书带走——这些书足以让你成为渊博的智者或者强大的法师。

不过，对于那些另有所求的人，放弃这些知识并穿过第三扇门，倒是比之前的抉择更加容易。

在第三扇门的背后，是一个宽广的大厅，里面放满了神明加护的武器与盔甲。你只能选择一样带走。是选择能够吸取灵魂的法杖，还是选择绝对不会被刺穿的铠甲，都只取决于你自己的选择。神灵不会干涉。

曾经有一个男人，他带走了一件坚不可摧的铠甲，这件铠甲令他战无不胜。据他说，仍然有人继续向前，走过第四扇门。

考虑到这个男人最终死于卸下盔甲酣睡之时，胸口被一把匕首刺穿，那些人继续向前或许也不无道理。

是的，第四扇门的背后，是一口青春之泉。它可以令你返老还童，重沐青春活力，还可以治好你的疾病，修好身体的残疾与缺损。

但你若是想要继续向前，便不能沾染这泉水，哪怕是一滴也不行。

不过，第五扇门背后的奖励也许更值得这么做。因为在那扇门之后，是一株巨大的果树，上面的累累果实，只要吃掉一个，便可以得到永生。

曾有一个人，在注视那棵树良久之后，掉头返回，饮下青春之泉的水，然后回了家。

人们问他为何要放弃永生。他说："我原本就腿瘸眼瞎，为了来到此地，更是伤痕累累。二者只能择其一。与其残缺不堪地熬过永恒，我宁可健全地安度余年。"

有人放弃了青春岁月，接受了这永恒的馈赠。据说，世界之脊上那些风化的人面岩石，就是这些人最后的模样。

真的有人继续向前吗？

据说，第六扇门之后的赠礼，乃是"遗忘"。

你将遗忘世界，你将被世界遗忘。你将失去所有的过去，重新开始。

无人知道为何神灵会将这份礼物看作是比永生更珍贵的馈赠，但据说确实有人将其捧入手中。

至于最后一扇门——

我曾遇到过一位勇士，他说自己曾去过第七扇门的背后，但并没有取走任何东西。事实上，他似乎大彻大悟，一路上既没有饮下青春之泉的水，也对神器不屑一顾。只折返到第一扇门的背后，带走了大量的金银财宝，返回故乡安度晚年。

我问他第七扇门背后的故事。他说，他曾穿过那扇门，而后踟蹰多时，犹豫不决。神灵耐心等待，问他何时做出选择。

他说，在那里，如果你拿到那份赠礼，你将会得到前面六扇门能够赐予你的一切——富有、睿智、健康、长寿，所有的一切应有尽有。他想要它，想得要命。但又害怕它，害怕得要死。

我不明白他为何要放弃，直到他看着我的双眼，说："你将会变成一个更好的人，更完美的人。一个人们期待你成为的人，一个你自己期待你成为的人。但代价是，那个不完美的你，那个有勇气挑战这一切，并放弃这一切的你，将会留在那里。"

"想想看。"他伏在我耳边，小声说，"如果这样的话，从那道门背后走出来的，到底是谁呢？"

Letter 22

Hi，莎德。

之所以给你连续写两封信，是因为我需要一点帮助，但不是金钱上的。我需要一些建议。

原因很简单：我很享受现在的自由生活，但我并不习惯于自由。

你看，我一直都是循规蹈矩地生活在既定的时间表之下的，比如学校的时间表、爸爸妈妈的时间表，或者工作的时间表。

现在我有了所有的时间，却开始手足无措了。

我没法按时起床，更没法按时睡觉。我有时候睡得很多，有时候睡得很少。我几乎不会按时吃东西或者休息。而且我一旦开始自己喜欢的事情——戏剧、画画或者玩电脑游戏，我就根本停不下来。

我的时间现在一团糟，分不清白天和黑夜，也分不清在做什么或者没有做什么。

你一直都是这样生活的吗？还是说你有更好的处理方式？我觉得我热爱的东西就像是火堆，正在慢慢地把我整个人都烧光。我需要一些东西让我停下来。你有什么好办法吗？

> 焦虑不已的
> 爱你的凯玲
>
> ××××××

揉揉你，小东西。

两封信都收到了。那个故事让我觉得背后发冷。你们会把它写成剧本演出吗？我觉得那会很有趣。

关于你第二封信里提到的问题，在我刚刚离开家的时候，也遇到过和你差不多的状况。我渐渐发现，越是强迫自己遵守时间，就越是做不到。我试过数不清的方法，睡眠调节法、隔离信息法、每日计划表……还有丢掉手机（这个倒是很容易，毕竟我旅行的很多地方都没有手机信号）。

但大部分时候，这些号称"时间管理良方"的东西都没有什么用。最后我总结出来的东西其实很简单。

第一条：睡够。

困了就去睡。累了就去睡。如果熬夜或者通宵了，第二天不要想"白天不应该睡觉"这样的事，让自己睡个够，睡到你觉得不想睡了，再起来。相信我，到晚上你还是会困的。而且只有睡够了，你才有足够的意志力去管理剩下的时间。

第二条：只管开始。

你有没有过这样一种感觉，想到自己要做某件事，然后想到这件事会引发另一件事，或者想到这件事需要你中断手头的事，你就烦躁不已，或者仅仅只是思考要不要去做这件事，就开始想要抓狂？

我不是说写作业，真的不是。

我的诀窍是"只管开始动手做"。绝大部分事情，当我们思考它的时候会觉得非常糟糕，比如跑步一千米，比如洗衣服。但做起来反而没那么糟糕了。去试试看。真的。

第三条：别开始。

这条跟上一条可不是自相矛盾。这一条适用于另一种情况，就是——我觉得做这件事或玩这个游戏非常爽，我只玩十五分钟就停下来，然后惊恐地发现，怎么已经过去六个小时了？

我了解你，也知道那种停不下来的感觉。我们习惯于畅快地体验某件事。对自己说"只玩十五分钟"没有半点意义，只要开始了，你就要有"十个小时都不一定能停下来"的觉悟才行。所以，不要轻易地开始这一类的事情。如果当天时间不够用，去做点别的。这件事留到第二天。

是否按时吃东西这个我倒是没什么发言权。旅行路上经常是有时间才吃，没时间随便塞两口，继续赶路。硬要说经验的话……别吃过多。吃太多比饿肚子更伤身体。

希望这些经验能帮到你。

此外还有一点小小的心得：自由是昂贵的。

按照别人划下的轨迹生活虽然很憋闷，但真的省时、省力、省心。要应对自由时间，养成简单的日常习惯会容易得多，比如晴天洗衣服、阴天逛市场这种。

慢慢来。自由不仅仅是一个词，它是一整套生活方式，而且代价不小。给自己一点耐心吧。

还有，别总是一个人待着。出去多交些朋友。

随信附上一个小小的故事。希望你喜欢。

爱你的莎德

一台拖拉机的故事

很久很久以前，有一台拖拉机。它有一个非常强健的发动机，这台发动机被祝福过，永远永远都不会停下来。

在离开工厂之后，拖拉机就上路了。它开过山峦与田野，开过城市和村庄。它永不停歇，从不需要休息。它相信自己是被祝福的。

但随着时间一年年过去，拖拉机的轮子渐渐磨损了，轴承也变得干涩了，但是它的发动机依旧催促着它向前行驶、行驶、行驶。它觉得疲倦了，但它无法停下来。

"这不是祝福。"拖拉机看着自己已经开始损坏的轮轴说，"这一定是诅咒。"

于是它上路去寻找解除诅咒的办法。它拜访过很多魔法师，很多汽修师傅和很多医生，但他们都无能为力。

"发动机就是你的心啊。"一个汽修师傅说，"如果我们强行停下它，你要怎么办呢？"

拖拉机很悲伤。

它来到一个海边的小镇，它很喜欢这里，但是它没法停下来，于是它就不停地绕着小镇行驶。直到有一天，它的轮子坏了，于是它停了下来，但它的发动机——它的心，依旧不停地、焦灼地运转着，在它已经彻底静止的生活里大声喊着，向前、向前、向前。

拖拉机伤心地哭了起来。

一个男孩走过来，说："你好，拖拉机，你为什么伤心呢？"

拖拉机向他讲述了自己的故事。"我的心被诅咒了。"它说，"我永远也无法停下来。即使我已经停了下来。"

男孩说："我不懂如何治好一颗被诅咒的心。但是你看，这儿是海滩，我们需要很多冰淇淋，但我们的冰淇淋机没有动力了，你愿意帮忙吗？"

拖拉机说："好的。"

在它那强有力的、永不停歇的发动机的帮助下，许许多多的冰淇淋被造了出来，男孩把这些冰淇淋分给来度假的人们，并用卖冰淇淋的收入修好了拖拉机损坏的零件。

"你接下来想去哪儿？"男孩问拖拉机。

"我哪儿也不想去。"拖拉机说。

在那之后的许多年里，拖拉机一直留在海滩上，快乐地为大家制造冰淇淋。有时候它会开到别处去旅行，然后再回来继续他快乐的工作。

"你觉得你的心究竟是被祝福的还是被诅咒的呢？"男孩问。

"都不是。"拖拉机说，"我的心是甜的。"

Letter 23

亲爱的凯玲：

看来我们最近都有些小小的麻烦。虽然我很想装作说我可以解决一切问题，毕竟我一直是我们中间更独立更要强的那个。

但我还是给你写了第二封信。因为我也需要一些帮助。

事情是这样的：去年，我遇到了一个不错的男人。我们在一起旅行了一段时间，后来很遗憾地分手了。

但是这段感情让我开始考虑定居下来——仅仅只是思考这个问题，就让我无比恐慌。

我不知道……我不知道在某个地方安定下来，或者属于某个人、某个地方，是一种什么样的感觉。我曾经属于我们的家庭，而那段生活让我们每个人都遍体鳞伤。除此之外，我只知道行走在旅途中，一路向前，我不知道其他的生活方式。

对你来说，停留在某个地方会更容易一些吗？有没有什么可以参考的经验呢？

还在继续旅行的

爱你的莎德

× × × × × ×

Hi，莎德。

两封信都收到了。我喜欢那个拖拉机的故事。

回答你的问题：你不知道我有多么希望和你一起去旅行。至少有很长一段时间，我对自己说，在另一个城市的定居生活其实只是一种相对稳定的"旅行"方式。毕竟我不是留在家里，对吧。

我总是对自己说，这个城市是我安家的地方，但总是缺乏实际的感觉。

要在一个地方住下来很容易，要安家却很难。关键不在于你是停留还是旅行，也不在于你是和什么人在一起生活，而在于你是否相信自己拥有一个家。

我们都不习惯拥有什么东西。我们习惯了一无所有。我们习惯了一无所有地流浪，或者一无所有、彷徨惊恐地属于家庭。

我们从来都不习惯于"拥有一个家"。

但渐渐地，我开始觉得这里是我的家了。

我不知道是从什么时候开始有这种感觉的，大概是从粉刷墙壁开始。房东很懒，懒到她根本不肯来她出租的房子看一眼。这房子很老了，斑驳不堪。而我又不想找一群工人来大动干戈地把它装修一番，毕竟这只是我租来的房子。

但我实在讨厌那样的墙壁，于是自己买了些材料，慢悠悠地把卧室粉刷了出来。

然后我又更换了些家具。房东说她无所谓，那些东西她都不要了。

慢慢地，一点一点地，我开始建造我自己的居所。我开始习惯拥有一个安居之处。

当然，我还是遵循极简原则，只买自己需要的东西。毕竟不知道什么时候就会搬走。我没在这个城市买房，买不起。但我仍然拥有一个家。如果有一天我换了房子，那么我知道这些挑选过的家具和东西，会跟着我到下一间房子去。那个念头让我很安心。

拥有东西比拥有人要好得多。爱一个人，而不是去拥有他。我想要学会这样的能力。但在那之前，我想我会继续"筑巢"的。

希望这些能帮到你。

爱你的凯玲

PS：随信附上一个故事，有点儿长。它来自我们剧团的一大堆讨论。本来想要一个剧本的，但我们最终弄出来的东西不是很适合演出。

女孩和拾荒妖精的故事

遇见拾荒妖精的时候，女孩正准备去死。

女孩生了一种没有名字的病，每天都疼痛不已。她试图告诉大家这件事。于是人们就会问她："你身上哪儿疼呢？"

她说："不是身上的什么部位疼痛。"

人们又问："那是头痛吗？"

她说："不是，是另一种疼痛。是记忆的疼痛。"

人们就哈哈大笑起来，说："记忆怎么会痛呢？你一定是在无病呻吟，故装可怜罢了。"

女孩害怕起来，心想莫非自己真的是装作疼痛吗？

于是她坐下来，对自己疼痛不已的记忆说："你不是真的。你不是真的。大家都说记忆不会疼痛，所以你不是真的。"

然而那种疼痛不肯离去，它嘲笑一切否认和一切真实。它灼烧她的眼眶，爬上她的头颅，嵌在她的舌头和牙齿中间，化作无法发出的尖叫声。它在她吃饭的时候反复回响，在她入睡的时候扭动不休。

"你不是真的。"女孩学着别人的语气说，"你只是虚假的痛苦罢了。"

疼痛沉默不语，嵌入她的血肉，就像一千根互相交错的针。

104

女孩想要结束这一切。她准备好了去死，但并不是想要死。她只想结束这疼痛，为此做什么都可以。

那是个阳光灿烂的下午，春天刚刚来临。女孩儿把自己养的猫抱到窗台上，给它梳毛。一大团一大团的毛落下来，在风里滚成一个个圆球。猫是一种很好的生物，它们冷酷无情，不会被爱所困扰。而且它们善于忘记，从不会被记忆折磨。女孩很羡慕它们。

突然，她听到一个细小的声音在说话。

"嘿，那个可以给我吗？"

她转头，看到一个小妖精，长长的胡子，皱巴巴的脸，站起来还没有一只猫高。小妖精认真地盯着她，背上还背着一个大口袋。

"什么？"她问。

"我要那个。"小妖精指了指地上滚成团的猫毛，"有个小精灵王后喜欢软软的动物毛，她用它们做成很漂亮的人偶。我是个拾荒者，受雇为她收集这些。"

"可以啊。拿去吧。"女孩说，"反正它们毫无用处。事实上，我的所有东西你都可以拿走，因为我并不打算留在这世上了。"

小妖精皱起大大的鼻子，说："但我只要这些绒毛啊。你所拥有的一切，于我都毫无用处呢。人类真是奇怪的生物，自己想要离开这个世界，却希望这些东西被留下吗？"

女孩歪头思考了一下："大概是这样吧。因为我觉得我拥有的东西比我重要多了。"

"那么，尊敬的女士。"小妖精把猫儿的绒毛塞进口袋，向她鞠躬，"我可以明天再来收集绒毛吗？这对我来说很重要。"

"可以。"女孩说。

第二天，她把猫儿唤到阳台上。那小东西惬意地在阳光下伸展腰肢，活动爪子，让她为自己梳毛。她梳了个毛团，放在阳台的角落里。然后留下猫晒太阳，自己回到了屋子里。

下午她再去看的时候，猫睡得很香，毛团不见了。一行小小的脚印从阳台上的灰尘里蜿蜒而过。

她坐在猫身旁，发了会儿呆，然后转身回到屋里，开始收拾东西。

她屋子里的东西堆积成山：成百上千的塑料袋、几十个纸箱、几百件衣服，还有数不清的书。但这些东西都很轻很轻，比她头脑里疼痛不已的记忆要轻很多。

她从杂物堆积的缝隙穿过，拿起了一件衣服。一段记忆瞬间被唤醒，扑面而来，带起锐利的痛楚。

"疼。"她说完就把它丢到一旁。

然后她转身拿起一本书。她不记得自己是什么时候买的了。她也从未读过。最初她疯狂地买这些书，只是为了缓解记忆的疼痛，但它们毫无用处。

她把它也扔在一旁。

"如果我要把自己留在这个世界上，那么我就得把它们扔出去。"她想。

她挑拣出一大堆东西，它们或是令她疼痛，或是令她失望，或是一无所用。她把这些东西拖出屋子，堆在垃圾堆旁，浑身都是汗。

有些人围过来，问她："这些东西你不要了吗？"

"啊，是的。"她说，"这些对我来说都毫无用处。"

于是人们就欣喜地去挑拣，把那些对自己有用的东西拿回家。女孩返回屋子里，继续收拾。

这样过了一段时间。猫儿已经换上了油光水滑的夏毛，在阳光下闪闪发亮。女孩也把屋子收拾得简洁清爽。她现在觉得轻松一些了，但仍然不快乐。

记忆折磨着她。在每一个早晨和每一个晚上，在说话谈笑的缝隙里，在她漫步于市场和街道上的时候，疼痛时不时地乘虚而入，摧折她的理智，让她蜷缩起来痛哭失声。

拾荒妖精仍然常来。但现在猫儿的绒毛已经全部换完了。

"我没有东西可以给你了呀。"女孩对妖精说。

"那些是什么呢？"妖精指着她阳台上茂盛的盆栽问道。

"是猫草。"女孩说，"给猫儿吃的。"

"太好了。"拾荒妖精拍着手，"我想要气味，青草被折断后那丰盛的气味。下次你收割猫草的时候，请把这个小袋子放在花盆边上好吗？"

"好。"女孩说，"你收集的东西还真奇怪。"

"哦，女士，气味是最棒的东西。番茄切开时的香味，桂花绽放时的甜美气息，雨后泥土散发出的清新……气味无与伦比。"拾荒妖精搓着手，"无与伦比。"

拾荒妖精离开时，留下了一个小袋子，女孩在收割猫草的时候，就把它放在旁边。翻种花圃的时候，她买了不少泥土，远比种猫草需要的更多。于是她开始在阳台上种菜。

有一天，她发现了第二个袋子，放在她栽种的小葱旁边。

她笑了笑，装作没看到。

在这之前，她的生活中从来没有过种菜的经历，因此记忆不会侵袭她，也不会折磨她，疼痛不会时刻萦绕，尽管仍会常常回来。

她把阳台上种满了蔬菜。

有一天，拾荒妖精又来了，背着一个非常沉重的大袋子。

女孩就问他："你这袋子里装的是什么啊？"

"是化石。"拾荒妖精咧嘴笑，"是梦想的化石啊。它们又沉重又恐怖，但有个女巫倒是很喜欢。"

"梦想怎么会变成化石呢？"

"因为有很多人，他们不停地许下梦想，却从不去实现。如果仅仅是这样倒还好了，因为这个世界上无法实现的梦想简直不可计数。但他们又不停地用这些梦想来折磨自己，把自己弄得鲜血淋漓，这些梦想在他们的血和泪水里浸泡了太久太久，就变成了化石。"拾荒妖精揉揉鼻子，"对不起，让你听到了这么恐怖的事情。"

女孩想了想。

"不。"她说，"这不算最恐怖的事。"

妖精离开后，女孩儿回到屋子里，又开始收拾东西。她把更多的东西拖出去丢掉了。它们是如此之多，以至于她有点不习惯屋子变得如此空旷。窗外，那些喜欢拾荒的人们纷纷前来把她丢掉的东西拿走。

她觉得很舒畅。

第二天，拾荒妖精来看她。

"你看起来像是丢掉了很多东西的样子啊。"他说，"我听说附近的女巫彻夜歌唱，因为找到了很多魔药的材料。你究竟丢了些什么呢？"

女孩歪头，掰着手指。

"大概，有梦想的化石，有期待的化石，还有爱的化石。"

"那可是不少。对了，今天来是因为女巫想要一样魔药的配方。你可以给我你今天的坏心情吗？"

"当然可以。"女孩说，"反正明天我还会有坏心情。"

春去秋来。猫儿胖了一圈。猫草割了两茬，阳台上的菜盆里，小萝卜和毛葱茂盛地生长着。番茄已经变红了。

拾荒妖精有时来，有时不来。

女孩的屋子里变得宽敞了许多，她有时往外丢些东西，有时带些东西回来。

某个早上，天空高旷，阳光明亮。女孩在阳台上拖了把椅子坐着，任记忆爬过思想。它们一如既往，带着细碎的疼痛。

她举起手遮住眼睛，红艳艳的阳光透过她的手指落下来。

那时，她也是坐在这里，也是同样的疼痛在她的记忆里蜿蜒攀爬。她知道这疼痛会继续下去，会延展到她未来的每一个日子里。

那时她想要去死。

现在呢？

似乎什么都没有改变。她想，疼痛还是疼痛，记忆还是记忆。那些灼烧和戳刺的感觉还在那里，只要她去触碰，就会重新开始生长。死的愿望也还在那里，躺在她头脑的某个角落里，慵懒得像一只晒太阳的猫。

"我不急于去死了。"她想，"这些疼痛……我可以承受。"

有小小的脚步声响起。拾荒妖精来了。

"嗨。"它说，"你可以给我你今天的好心情吗？"

"可以啊。"女孩说，"反正明天我还会有好心情。"

Letter 24

Hi，凯玲。

那个女孩的故事应该是很开心的故事吧，我猜。

不知道为什么，看完之后，我哭了很久。

我正踏上归途，从特莱兰返回故乡。这条路不好走，而且大概会需要很长很长的时间。

我不是想定居下来，我也不知道我想要什么。过去我也许是知道的，但我从未想过生活会如此艰难。

不知道你是否还记得，我们很小很小的时候，团在厚厚的被子里，蒙住头，装作那就是整个世界。我们曾经说过，要永远一起生活，和家人一起，永远不离开。而妈妈告诉我们说，我们必须离开。因为这里的生活艰苦又困顿，而我们必须逃离这里去往更好的地方。

她是对的，也是错的。

在去过了这么多的城市，旅行了这么久之后，我学到了一件事：这个世界上并不存在"更好的地方"。我们尽可以逃走，把痛苦抛在身后，但它们终究会追上你，就像黑夜追上白昼那样。

但我们又不得不逃走。因为如果你不装作仍然有地方可以去，就无法找到希望。

胡言乱语了很多，随信附上新的联络地址。

给我写信。

要回家可是需要很多勇气的。你懂的。

正在赶路的莎德

× × × × × ×

莎德，来信收到。

其实，我也在计划着回家。你大概什么时候到？我们一起回去怎么样，给妈妈一个惊喜。

不过说到回家我仍然觉得忐忑不安。那种感觉真的很难说清楚。

自从离开家之后，我们就没做过一件父母期望的事情，我放弃了稳定的工作，而你依旧单身独行。最近我遇到了一些事情，很麻烦，而且很难过。有一天我蜷缩在床上哭。因为现在的生活太艰难，而我又非常害怕，我害怕自己不得不回到之前的生活中去。

我哭了很久，直到我渐渐意识到，即使现在如此艰难，我仍然想要现在的生活，而不想要我们逃离的一切。

所以啊，就像你说的，这世界上从来就不存在"更好的地方"。但在我们心里，我们清楚地知道，什么样的地方才是我们"想要停留的"。

那就够了。

随信附上一个小小的剧本。我们剧团最新的作品。我把它改成了故事的形式，那样比较易读。

你还在收集故事吗？我现在也开始收集故事了。很有趣。

爱你的凯玲

光明与黑暗之子的故事

很久很久以前，有个男孩，他住在一座很大的城市里。这里到处都是魔法师，而且他们都是光明魔法师。

他们使用魔法让人们变得睿智而强壮，还能用魔法祝福庄稼和天气。他们穿着金色或银色的袍子，快快乐乐地走来走去，谈论园艺、语法和符文雕刻。

男孩的父母也都是光明魔法师，他的母亲是一个优秀的祝福魔法师，而父亲是一个园艺师。

其实，这一点有些尴尬——园艺师一般是由不会魔法的凡人担任的。但男孩的父亲魔法技艺平平，又喜欢摆弄花草，所以最后成了个园艺师。这让他的母亲总是觉得脸上无光。

男孩倒不是很在意这些。他觉得自己的父亲是最棒的。

有一天，母亲不在家，他看到父亲在摆弄一株奇怪的植物，没有茎干，整个植物是由很多暗绿和暗红色的圆球组成的。看起来丑陋而又扭曲，一点也不像那些被光明祝福过的花朵。

他好奇地跑过去问，父亲却挥手将他赶开了。男孩很失落。

又过了几个月，到了这座城市最重要的节日。在这个节日里，光明魔法师们会大举庆祝，但同时，城外被放逐的黑暗魔法师也会开始进攻。所有的人都在准备着守城的战争。他们谈笑着，检查自己的魔杖和符咒，并不紧张。毕竟黑暗魔法师真的很少，而且很弱，只不过是很邪恶而已。

男孩还没有到可以参加战争的年龄，因此他和其他孩子一样被分配去巡逻街巷。

天生的好奇让男孩躲过守卫，爬上城头。他原本希望看到漫山遍野的魔人大军，或者至少是足以照亮城头的幽暗鬼火，但令他失望的是，那里只有五个身影——五个黑暗魔法师，一个老得驼了背，一个只有前者一半高，还有两个比男孩还小的小孩子，其中一个是女孩。

那些黑暗魔法师中间，只有一个正当盛年。他站在那片饱受战火蹂躏的荒芜土地上，没拿法杖，两手空空，正对着城头大喊。那声音诡谲悠远，但富有韵律。

黑暗升起，将城市包围起来。

黑暗魔法师们有节奏地顿着法杖。城门开了，被光明祝福过的战士们潮水般涌出。他们和那些被召唤出来的黑暗搏斗。

男孩困惑地看着这一切。他看到那些战士劈砍无形之物，对着空气咆哮。黑暗无形无影，但那些人仿佛觉得面前有无尽强敌。他们挥拳殴打浓重的夜色，用利刃刺穿飘荡的阴影。

那些黑暗魔法师们却已经完成了施法，挂着法杖从容地走远了。

一、二、三……男孩数着远去的身影，突然发现少了一个。

那天夜里，男孩睡不着。他翻来覆去，想着黑暗里发生的怪事。突然，他听见门外一阵喧嚣，城市的守卫奔跑穿行，似乎在寻找什么人。

父母都去参加胜利庆典了。城市灯火通明，庆祝他们又一次战胜了黑暗。只有男孩自己在家。他悄悄起床，走出门去，发现一行血迹蜿蜒向附近的小巷。他很害怕，又很好奇，就走了过去。

小巷里灯光微弱，一个男人穿着黑色的袍子，靠在墙边。男孩端详着他的脸，他也在看着男孩。过了好一会，男人说话了："你能看到我？"

男孩点点头。

"这么说你还没有经历洗礼。"男人笑了，他的笑容凶狠，像是某种野兽，虽然男孩从未见过真正的野兽。

男孩看着这个人，发现血正在顺着他的手流下来。

"你受伤了。"

"是啊。我不喜欢长矛。"男人龇牙，打量着他，"你会治疗法术吗？"

"不会。"男孩有点羞愧地承认，"但我家里有药和绷带。"

"你这是在邀请我进入你的家门吗？"男人的声音里透出一丝戏谑，"你应该知道我是谁吧？"

"我知道。"男孩说，他已经认出这个人就是方才在城外施法的黑暗魔法师，"我不会邀请你进入我的家门，我命令你进去。"

男人大笑起来。

"你可真有胆量啊，光明之子。"

这样说着，他勉强起身，跟上男孩的脚步。

男孩在父亲的抽屉里找到药物和绷带。园艺师把这些东西收藏在自己的温室里，因为农活总是免不了有些小磕碰和擦伤。他学着父亲的样子为男人处理可怕的伤口，那伤口比上一次他把镰刀掉在自己脚上还糟糕。

黑暗魔法师一声不吭，视线在温室里打转。

"你父亲在用黑暗魔法。"他突然说。

"那不可能！"男孩不假思索地反驳。

"但是他种了一株夜果。"男人耸耸肩，"如果你不相信的话，去对那棵植物说话。说'Nisus,Si-sus,Uze-Us'。"

那一定是句黑暗咒语，男孩想。但他还是走过去，对着那颗丑陋无叶的植物说了那句话。

一朵纯暗的花出现在植物顶端，花瓣上闪烁着仿佛星星一样的细碎光芒。

真美啊。

男孩想着，回头去看，却发现黑暗魔法师已经不见了。

庆典结束后，父亲回家，发现了那株开花的夜果。但他什么也没说，就仿佛一切都不曾发生过。

又过了好几年。男孩被送去学校，开始训练成为一个光明魔法师。他刻苦学习，努力拼搏，学习武器和格斗，学习咒语和符文。但他总是技不如人。比起凡人，他更强壮，更有力，懂得更多的咒语，但他总是远远落后于他的同学们。

"要相信光明。"老师训斥他。

男孩想起那个夜晚。

"我会成为对着虚无的黑暗砍杀的那种人吗？"他想。

为了提高他的成绩，母亲带他参加了一个仪式。他被告知在这个仪式上，他要说出自己所有的秘密，并忘掉所有的黑暗阴影。

"从这一刻起，你的双眼将向着光明，而黑暗将不再与你相容。"主持仪式的牧师说。

男孩想起了那个夜晚，想起了黑暗魔法师和那朵夜之花。他想起了自己父亲的秘密，还有那句韵律优雅的咒语。他不想忘记这一切，也不想说出这一切。

"我选择黑暗。"他说。

母亲瞪大了眼睛。"什么？"她尖叫道。

"我选择黑暗。"

男孩被城市放逐的那一天，母亲哭得死去活来，他却面无表情。他知道自己不能哭，那样母亲会哭得更厉害。

他什么也没带走，除了父亲的那株夜果。他向父亲要了。父亲就给了他。

在城外的一片树林里，他找了片幽暗的凹地，种下了夜果。然后按照祭司给他的地图，去找黑暗魔法师们。

那些魔法师住在一间恶臭杂乱的小屋里，还有个婴儿在放声哭闹。他们知道男孩要来，却没有一个人起身向他致意。

"我该做什么？"男孩问。

"去烧水。"老头指了指旁边的锅子和桶，"小宝贝要洗澡。"

男孩看了看哭闹着的一丝不挂的婴儿，问："是我来给他洗吗？"

"对。"老头咯咯地笑，"他比你有用多了。"

于是男孩就在这里打杂。他给那个婴儿洗澡，听那个婴儿咿咿呀呀地用黑暗的语言说话。他裁剪布料，缝制衣服，给婴儿换尿布，打扫地面，洗刷锅具，去凡人的村庄购买蔬菜和粮食，回来做饭。他很多次把饭烧糊，但没人抱怨，因为除了他没人做这些事。

他擦亮玻璃，洗净地板，修缮屋顶，粉刷墙壁。父亲教过他，植物要在明亮温和的环境中才能很好地生长。他觉得人也一样。

就这样过了几个月，他帮助过的那个男人回来了。当时他正在粉刷外墙。

"我的老天啊。这儿是什么地方？光明养老院吗？"

男孩回头，跳下梯子，手里还握着刷子："是家，如果你愿意这样称呼的话。"

黑暗魔法师大笑起来："我们没有家。"

"现在有了。"

这句话让男人第一次认真地打量起了男孩。然后认出了他。

"是你。"他说，"那株夜果还好吗？"

"我把它种在合适的地方了。"男孩答道。

"很好。"男人说，"你是我的学徒了。你不必再做这些杂事。"

"我可以一边做你的学徒，一边做这些杂事吗？"男孩问。

"为什么呢？"

"因为，"男孩回忆起父亲在花房里说的话，"泥土和环境是最重要的。"

他学习法术、诅咒、破坏和摧毁。他学习如何将事物切割或者炸掉，如何让火焰四处蔓延，又如何让黑暗笼罩大地。

他用诅咒驱赶屋子里的害虫，拿切割咒来快速处理菜肴，他仔细地用火焰烧了一片荒地，然后在上面种菜。当他的老师来检查他的"无光咒语"作业时，他给老师看了一个满溢黑暗的箱子，里面种满了肥白饱满的蘑菇。

黑暗魔法师狂笑不已。

"你拿爆炸咒干了什么？"

男孩指指窗外，新的玉米苗正在生长。"我用它翻地。"他说。

黑暗魔法师笑得在地上打滚。

"你也是这么使用你的光明咒语的吗？"

男孩点头，掰着手指："我用祝福咒祝福庄稼，然后用快乐咒驱赶鸟儿。修复咒一般是用在墙壁上……"

"你不是个魔法师，你是个园艺师啊。"他的老师又是一阵大笑。

男孩也笑了，颇为自豪："是的，和我父亲一样。"

很快，又到了当年的祭典。男孩去找自己的老师。

"那座城市里有我的家人。"他说，"虽然那座城市放逐了我，但我并不想进攻它。因为是我自己选择离开的。"

黑暗魔法师笑了，说："不，我们不是去进攻它，我们只是去为它提供黑暗，然后我们就离开。而且，你也不是唯一一个在那个城市里有家人的黑暗魔法师。"

男孩恍然大悟："你那次是回去看你的家人？"

他的老师点点头。

"为什么要这样呢？"男孩说，"我是说，所有……这一切。"

"光明需要敌人。"黑暗魔法师回答，"否则它就会把自己烧成灰烬。那些被祝福过的战士们，他们的双眼只能看到黑暗，看不到黑暗背后活生生的人。但这是必要的，这让他们更加向往光明。正如同我们的存在一样。"

"我不喜欢这个答案。"男孩说，"千百年来皆是如此吗？"

"是的，千百年来皆是如此。"

"那我也不想要黑暗。"男孩说，"我要走我自己的路。"

"那你去吧。"他的老师耸肩，"我们不会祝福你，但我们会看着你。"

男孩拿起手杖，背上行囊，离开了城市。

又过了很多很多年，一支商队来到了这座城市。他们扎下帐篷，买卖货品。一群园艺师开始在城外的荒地上走来走去，播种植物。然后他们又驾着马车离开。

如今，距离男孩的时代已经过去了几百个世纪，光明和黑暗的"战争"依旧在继续着。战场上长满了夜果和太阳花，无论多少次战争的脚步踏过它们，它们依旧长盛不衰，生机勃勃地开出一片又一片的花朵。

Letter 25

亲爱的凯玲：

信已收到。故事很棒，还有，我到家了。

鉴于你没有接我打的电话，也没有回复我的电子邮件，我猜测你是不打算回来了。所以我只好写信给你。

我在家住了一段时间，不太久。就像我预计的那样。我和妈妈吵了一架，很厉害。仅仅是因为她觉得我该穿什么样的衣服，而我对此有绝对不同的看法。

说真的，那件衣服……

关于衣服的战斗我赢了，但我输掉了其他的争执。最终当我离开家的时候，我穿着一条肥大得每个裤筒都可以装下两条腿的裤子，拖着一个被她塞满的箱子，里面没有一件东西是我需要的或者想要的。当然，我本来就对她一无所求。

从这个角度来说，也许你不回来是对的。

我很疲惫，也很茫然，暂时不知道有什么地方可以去。"家"真的是一个奇怪的存在。飘零在外的时候，发疯似地想念。而一旦回去了，又忙不迭地想要逃离。

随信附上一个小小的故事。它就像是我们关于回家这件事的理想版本。但现实……

现实永远比故事要残酷。

关于我接下来去哪儿，你有什么好的建议吗？

趴在旅社里不知道该订什么机票的莎德

三个巨怪和一个孩子

很久很久以前，有三个巨怪住在森林里，它们又丑陋又粗野，脾气很坏。一个非常老，一个喜欢四处游荡，一个只会说"啊——嗯"。

森林里少有人来，巨怪们的日子倒也自得其乐。只有一个牧师偶尔来访。他最初来这里是为了给巨怪们祈祷，试图感化他们。但天长日久，祈祷全无效果，牧师倒是迷上了巨怪们的梅子酒，常常忍不住要一醉方归。

有一天，巨怪们出去打猎。回来的时候，喜欢游荡的那个巨怪带回了一个人类婴儿。

它愁眉苦脸，看看婴儿的小脸，碰碰婴儿的小手，说："天老爷呀，这可怎么办啊？"

"当然是养着了。"年老的那个说。

"但这个孩子是人类，而我们是巨怪啊！"喜欢游荡的那个抗议道，"我们怎么能养他呢，又怎么能把他养好呢？"

"有什么不能的？"年老的巨怪嗤笑道，"我们曾经也是人啊。"

"但我们会把他养成一个巨怪的！"

"那不是很好吗？"

"啊——嗯。"

于是，事情就这样定了。

巨怪们继续打猎、采果子、带孩子。小东西个头一丁点儿，哭声倒是很大。有时候巨怪们都出门去了，就把这个孩子交给牧师来带。但牧师总是醉醺醺的。巨怪们最后觉得还是自己来带孩子比较放心。

有一年的秋天，孩子在树林里疯跑，把落叶堆成好大好大的床。老牧师和他又笑又叫，最后一起躺在枯叶堆上睡着了。一束阳光从枝叶缝隙间落下来，照亮孩子的脸蛋，让他看起来像是一个小小的神灵。

三个巨怪坐在一旁，手托着腮帮子，看着。

"这让我想起自己还是人的时候。"喜欢游荡的巨怪说。

老巨怪嗤笑一声，看了一眼牧师："那种错觉经常会有的。牧师刚来的时候，我也会想起自己还是人的时候的事。但是你看，那家伙现在喝巨怪的酒、说巨怪的语言，反倒变得更像我们了。"

"但这孩子仍然是人啊。我决定了，要把这孩子养育成一个人。"

"那种事非常不容易啊。我们已经不知道人是什么样子的了。但我老了，这事就随便你吧。"

"啊——嗯——"

巨怪们开始教孩子读人类的书，说人类的语言，去人类的学校里学习，教他人类的礼仪。

起初，孩子很喜欢这些。但渐渐地，他发现自己的语言带着巨怪的口音，自己的举止表现出巨怪的特质。他努力使用人类的礼仪，却因为那些古老过时的礼仪而遭到嘲笑。

他也没法和其他的孩子在一起，他们的游戏他不会玩，他们热衷的事情他不感兴趣。他的学习成绩很好，这一点勉强可以让他得到一点慰藉。但其他的孩子因此更讨厌他了，他们害怕他说话的方式，甚至害怕他不合时宜的热情。

随着孩子一天天长大，这些事愈发令他困扰。他居住在人群里，却觉得自己是个异类，且非常孤独。于是他索性像巨怪一样对同学们吼叫，以把他们吓跑为乐，并开始离群索居。

巨怪们很发愁。

"这样下去他成不了人啊，反而是要成为一个巨怪了。"年老的那个叹息道。

"附近有个人类的城市，我们把他送到那里去吧。那样他就可以学会如何做一个人了。"喜欢游荡的那个愁眉苦脸地说，它因为过于忧虑，已经很久没有出门游荡了。

"啊——嗯！"

于是事情就这样定了。

孩子打点行装，离开森林，踏上长路。而巨怪们回到各自的生活中去，打猎，采果子，和牧师一起喝得烂醉，放声大笑，敲鼓，躺在小溪边数星星。

时光荏苒。

几年后，牧师老死了。巨怪们为他造了个很大的坟墓。附近的乡民都来参加了葬礼。他们又唱又跳，喜气洋洋。

又过了许多年，很老的那个巨怪在睡梦中化为了石头。对巨怪而言，这是一种非常合宜且体面的离世方式。因此快乐的葬礼又举行了一次。

孩子还在旅途中，只在葬礼和新年交替的时候回来看看，后来更是好几年才回一次森林。

路途遥远，为了和孩子联系，巨怪们学会了打电话、使用电脑和大屏幕的手机。因为想要理解孩子信中谈到的那些又遥远又奇特的事情，他们带起眼镜，开始读书。

乡民们看到它们，会说："虽然丑了点，但确实看起来应该是人呢。"

每到这样的时候，喜欢游荡的巨怪就很开心地对另一只巨怪说："嘿，你听到了吗？"

"啊——嗯？"

巨怪们自得其乐，在远方旅行的孩子却苦恼无比。他一直都不知道要如何才能成为一个人。他写了很多让自己成为人的计划，读了很多关于如何塑造一个人的书籍，但他总是无法做到。这令他生自己的气，也生巨怪们的气。

"为什么非要我成为一个人啊！？"

他对着天空怒吼。天空以沉默作答。

孩子继续流浪，直到有一天，在某个城市里，他遇到了一个女巫。

女巫看到这个孩子风尘仆仆，就问道："你这匆忙的样子，是要做什么去呢？"

孩子就说："我要去学习如何做一个人。我听说这附近有一个很伟大的老师，他有一门非常有效、立竿见影的课程。"

女巫就惊讶地看着他，说："但你本来就是人啊！"

"我是被巨怪养大的。"

"难怪你非同寻常。"女巫笑了起来，"你看起来强韧而聪慧，而且我听说，在巨怪身边长大的孩子，都能听懂风的语言，大地都会对他们开口说话。"

"那倒是真的，可是……"

"你知道吗？巨怪曾经都是人。"女巫说，"但生活太痛苦，磨难太沉重。为了抵抗这一切，他们渐渐变得皮肤坚韧、脊背弓塌、骨骼隆起、声音低沉。最终他们忘记了自己还是人的时候的事情，才成为巨怪。"

Letter 27

Hi，凯玲。

虽然我们住在一起，但在今天的争吵之后，我觉得还是给你写封信比较好。我们两个都是这样的脾气和性格，一旦开始说话，就会开始争吵。反而写信更容易把事情说清楚。

我真的很担心你。

我没有生你的气，也没有讨厌你。我只是非常担心你。熬夜、疯狂地打游戏，还有那些油腻腻的外卖食品。这些东西对健康真的很不好。我只是想建议你生活得健康一些，并没有指责的意思。

奇怪。在我开始写的时候，我以为我会写很多很多东西出来，但其实也不过就是这么一点想法。

大概是因为我习惯了扮演照顾你的角色吧。妈妈不在这里，我们得照顾好自己才行。

我喂过猫了。出门买菜去。

爱你的莎德

Letter 28

亲爱的莎德：

我回来的时候，你已经睡了。猫睡在你身边。有没有人告诉过你，你睡着的样子非常让人心疼？你总是皱着眉头，忧心忡忡，就连入睡的时候也是如此。

　　他们带来损坏的玩具和散落的书页请他修补，还有人带来斑驳的古画或者开裂的瓷器。它们都曾经是这些人的珍宝，而如今已经破碎蒙尘。修补匠把它们一一补好，看到人们脸上的笑容，他觉得心满意足。

　　渐渐地，他有了很多朋友。

　　修补匠是个热心的人，他努力地想要帮助自己的朋友们。他的朋友们也很喜欢他。

　　但没有人是完美的。随着修补匠和朋友们越发亲密，他发现自己的朋友们身上都有些这样那样的缺点。有时候某个人容易生气，有时候某个人容易搞砸社交活动，有时候某个人会拒绝本来很好的事情。就好像他们的灵魂上有了裂痕或者缺口，而非原本的完美无瑕。

　　于是他想，心灵和灵魂，是不是也会破碎，是不是也可以修补呢？

　　他开始学习修补灵魂的技术，在小有所成之后，他把他的朋友们召集到一起，说："我们一起来修补我们的灵魂。"

　　他的朋友们都很信任他，于是他们说："好的。"

　　他为他们修补灵魂上的伤口、疤痕和缺损。看到朋友们疲惫的面孔上面露出欣慰笑容，他觉得自己做了很好的事情。他的朋友们也非常感谢他。

　　有一天，一个男人路过这片森林，到访了修补匠的小屋。

　　这个男人有一颗伤痕累累的心，还有一个几乎裂成两半的灵魂。但他还有一双巧手，凭借着这双巧手，他把那些裂痕变成阶梯，把凹凸不平的伤口变成露台，还在上面种满了花朵。

　　每一个人看到之后，都会说："啊，好美丽的灵魂。"

　　有一些比较敏锐的人，会问："你痛吗？"

　　裂开的灵魂当然是痛的。如果你去触摸灵魂边缘，多半还会被扎伤手指。但这并不妨碍它的美丽。

男人笑着，点点头，然后和其他人讨论花朵该如何培育。

有一天，修补匠看到了这个男人。他大惊失色，因为这个男人灵魂上的裂痕是如此之深，在他看来简直就是急需修补的绝症。于是他抓住这个男人，一把拂去那些花朵，抹掉那些露台，让伤口暴露出来，大声喊叫道："你难道不知道你伤得多严重吗？"

裂开的灵魂割伤了修补匠的手。而那个男人也非常愤怒，因为那些花朵被抹去了。

而且，他又不是傻子。他当然知道自己伤得有多严重。他还知道如果那些花朵足够多，如果他在一个快乐的地方待得足够久，他就有可能慢慢地恢复过来。

然而修补匠等不了那么久，他已经用凿子和斧头开始了行动，催促着那个男人快点开始治疗。而那个男人退后一步，说："不。"

修补匠又惊又怒，还很害怕。他可以修补一切，甚至可以修补灵魂。但他不明白自己为什么会被拒绝，而且他手指上被灵魂边缘割破的地方还在流血。

那个男人也吓坏了。他看着修补匠手上的工具——凿子、斧头和黯淡的大理石。他不能接受那样的东西修补在他的灵魂上。他不想要石头，他想要鲜花。

于是他问了一个问题。

"如果你修补好我的灵魂，我就不会再疼痛了吗？"

修补匠想着了一会儿。他说："哦，小者，大理石和血肉磨合的时候……"

培育鲜花的男人摇了摇头。他已经受够了疼痛。一颗裂开的灵魂永远会有疼痛。如果更多的疼痛只是为了自己的灵魂看起来很完整，他宁愿带着他现有的痛苦，继续播种他的鲜花。

修补匠困惑而又愤怒。于是他说："听着，这个地方是为了修补灵魂而存在的。如果你不想修补灵魂，那么你最好离开，因为你那碎裂的灵魂会伤人。"

男人摇摇头，说："如果你不把手伸进我的心里，如果你不去拆掉那些鲜花，你不会被我割到。"

修补匠听到这句话，便举起了他的手，抖着流血的手指，说："你是伤人的东西，你如今伤人，将来还会伤人。如果不修补好你的灵魂，你永远会伤人，并且永远无法属于某个地方。这都是你那破裂灵魂的缘故。而我正在帮助你。"

男人笑笑，说："不必了。"

然后他收拾起行囊，告别修补匠的小屋，走向他旅途中的下一个驿站，并沿路收集花的种子。

偶尔，他会回头看看森林的方向，从修补匠的小屋里，风吹送来斧头和凿子的声音。

Letter 29

Hi，凯玲。

我读了那个故事，读了很多遍。

当你醒来的时候，我应该已经走了。我现在正坐在桌子前给你写这封信。锅里煮着豌豆饭。记得吗？我们最喜欢煮豌豆的味道，每年应时的季节里，都会吃很多很多。

我会吃一点再走，其余的留给你。

此，我们需要这样的生活。

我爱你。

对不起。

我们曾经是一个人，如今我们仍是一个人。诗和远方，还有生活，还有我的绘画，你的歌。

我们可以拥有这一切，但我们需要放开紧握彼此的手。我们需要放自己离开，而不是彼此纠缠着厮杀至死。

我爱你，我仍在学习着如何去爱你。

你的莎德

尾声之一：歌

我需要你的允许吗？

当我欢笑的时候？

当天空中雪花纷纷扬扬

我可以

堆一个雪人

并快乐地奔跑吗？

你是否允许这一切发生？

我需要你的允许吗？

当我爱的时候?

当我用目光追随某个身影

听他的声音响起

令我兴奋不已

我可以

靠近他的身边

请求一个拥抱吗?

你是否允许这一切发生?

我需要你的允许吗?

当我狂怒的时候?

当心底的火焰再也无法抑制

如同魔鬼冲破牢笼

我可以

大声地说出我的所思所想

告诉他们我正在生气吗?

你是否允许这一切发生?

我需要你的允许吗?

当我绝望的时候?

当世界仿佛满布阴霾

一切都变了模样

我可以

向着天空伸出双手

哭泣着说我需要帮助吗？

你是否允许这一切发生？

不

你说不

但我真的需要你的允许吗？

当我欢笑的时候？

当风吹过面颊

翅膀高高扬起

所有的嫩绿树梢都轻轻摆动

孩子跑过露水茵茵的草丛

你说不

而我依旧欢笑不已

我真的需要你的允许吗？

当我爱的时候？

当拥抱的臂膀和温热的呼吸

彼此交融

目光注视着目光

低语试探着低语

每一个灵魂都鼓起勇气

尝试着做出承诺

你说不

而我依旧爱得心醉神迷

我真的需要你的允许吗？

当我狂怒的时候？

当尖叫盖过了尖叫

心跳如同要冲破胸口

你说不

而我依旧握紧双拳

我真的需要你的允许吗？

当我绝望的时候？

当无人的街道印满徘徊的足迹

啜泣和泪水

低声的求告与祈祷

你说不

而我依旧在寻求一份庇护

所以

我可以欢笑吗？

我可以哭泣吗？

我可以坚持吗？

我可以逃离吗？

我可以既英勇地战斗

又懦弱地蜷缩吗？

我可以既呼朋唤友

又孤独地居住吗？

你允许吗？

我自己允许吗？

嘘

这世界并不需要如此之多的言语

让我告诉你特莱兰人的秘密

生命是一个蛹

给它一点点空间

每一个明天

都是一只新的蝴蝶

尾声之二：羽化

世界羽化的前一天，他们从四面八方来到这里。

峭壁高耸入云，如指天利剑，寺庙更在峭壁之上。僧侣们提着防风灯笼，走上弯弯曲曲的小路，一路上吟唱着祈祷的歌谣。悠长的音符被风吹起，抛入峭壁下方金红色的云海，在一簇簇险峰间回荡不休。

他们来了。

脚步声或轻快或沉重，在渐沉的夕阳下，影子被一点点拉长，投到同行者的脸上。年轻的女孩走得飞快，一路上张开手臂，仿佛要飞上天去。

年长的男人步伐稳健，握着细长的步行杖，笃笃有声。矮胖的匠人背着装满工具的大包，走一段，歇一段，时不时地偏离小路走到峭壁旁，借着落日余晖琢磨那些石料的材质。

红云翻卷，黑暗渐起，鸟儿成群结队地飞回巢中，而攀登这座山峰的旅程才刚刚开始。诗人望向远方，太阳正渐渐沉入云海之下。他略微加快了脚步，赶上前面那一小群旅伴。

他们方才在山脚的客栈里彼此结识，目前仍然只能算是萍水相逢。大家都谨慎地保持着沉默，只用微笑和点头来彼此致意。但诗人讨厌这样的安静，他热爱一切声音，歌声、雨声、脚步声……如果一块巨岩正从他的头顶滚落，他会抓紧时间为山峦崩塌的巨响写一首真正的诗。

"喂。这样真的很没意思，说说话吧。你们谁来说点什么。"他提高了声调，"什么都行。"

石匠耸耸肩。年长的男人笑一笑。倒是那个女孩回过头来，看着他。

"有什么好说的呢。"她摊开手。

"那就讲个故事？"诗人从背包里掏出两条干硬而香味四溢的烤肉，"我们要走上一个晚上，没人说话我会憋死的。这样吧，我向你买一个故事。"

"你真奇怪。"女孩歪头看着他，和她同行的男孩也停了下来，回头看着诗人。他们是双胞胎，诗人意识到，尽管长相不同，但歪头的方式几乎一模一样。

"我本来就很奇怪。"他晃动着烤肉，"怎么样，讲个故事吧。我用烤肉付账。"

女孩被他逗笑了："你想听什么样的故事？"

"什么都行。"

"真的？"

"当然是真的。"诗人想了想，"讲一个只属于你的故事吧。不是讲给我听，讲给这世界听。"

其他人也停下了脚步，回头看着他。目光在渐渐幽暗的天光里彼此交错。

"如果特莱兰人是认真的。"诗人说，"如果他们没撒谎，那么这个世界就只剩下一个日落和一个日出的时间了。我们也一样。既然大家都是为了这个才来的，那么，就讲个真正的故事吧，讲给这世界听。"

女孩想了很久，摇摇头，转过身，继续向上走去。

诗人失望地叹了口气。

正当他沮丧地把肉干收回背包里的时候，女孩开口了。山风将她的声音吹来，很轻，但很清晰。

"我不想讲我的故事……但我可以讲一对姐妹的故事……你听听就好，只是个故事。"

诗人点点头，跟上女孩的脚步。其他人也略微围拢过来。

女孩开始讲述。他们一边走，一边听着。

一对姐妹的故事

这个世界上，有两种双胞胎。一种是在出生的时候，就是两个人；而另一种双胞胎，在出生的时候，只是一个人。

她是她父母的女儿，但父母的女儿却不完全是她。

她喜欢纯色的长裙和舒适的运动衫，而她的父母认为她喜欢夹克和牛仔裤；她喜欢宽大的鞋子，而她的父母认为她喜欢擦亮的坚硬长靴；她喜欢利索的短发，而她的父母认为她喜欢长发；她喜欢待在大自然里，而她的父母认为她喜欢喧嚣的城市。

久而久之，那个喜欢纯色长裙和宽松布鞋的女孩成了她自己不存在的姐妹，而她穿着夹克和牛仔裤行走在喧嚣的城市里。

有些时候，她会听到在不存在的角落里有个不存在的女孩，正在发出尖叫的声音。

就这样，她走啊，走啊。

直到有一天，她遇到了一个特莱兰人。他站在熙熙攘攘的街道上，笑容明亮。他走进一个故事，又走出来。

他说："此处亦有世界，但你需要付出代价。"

于是她拿出了自己的一半生命交给这个特莱兰人，他为她打开了一扇门，让那个不存在的女孩重新出现在这个世界上，然后走进了故事里。

"世界终将羽化。"他说，"但在那之前，你可以自由地行走。"

女孩松了一口气，她送走了自己的姐妹。她觉得这样就好，一切都好。她不会再听到另一个自己的尖叫声，而且她的父母也可以心满意足地拥有一个完全符合他们标准的女儿。

她有时会给另一个自己写信，而另一个自己也会给她回信。有人说这是一种疯狂，有人说这样做使她免于疯狂。

她不知道谁更正确一点。

但特莱兰人说了，所有的世界都是一个蛹，故事总会完结，而世界终究有羽化的一天。

女孩讲完故事，这群旅行者短暂地安静了一会儿。诗人觉得这种安静并不讨厌——这是他唯一不讨厌的那种安静，那种隐隐有嘹亮声音穿过的安静。

"你从来没讲过这个。"男孩说。

女孩耸耸肩："只是个故事，又不是我的故事。"

男孩笑笑，一脸的"你说了算"。

他们继续向上攀登，台阶仿佛无穷无尽，太阳已经沉落到云海下方，那些翻卷的云雾折射出明亮的金红色光芒，而头顶的天空渐渐呈现出暗蓝色。尚未有星光现身。年长的男人停下脚步，从背包里拿出提灯，仔细地拢住灯芯，把它点燃。

诗人借着灯光把肉干切成小块，分给其他人。大家一边咀嚼一边闲聊。在远处山峰上，他们看到更多的灯火渐次亮起，绕着峭壁一路指向天空。

"居然有这么多人。"诗人嘟囔着，"看来疯子不少。"

"人家都是来旅行的，不是来朝拜世界末日的。"石匠抖了抖身上的背包，"每年这个时候的风景和天气都很好。我就是想来看看。"

"那你干吗非得走夜路？"

"想看日出啊。"

"哦。"

"我也不信那个预言。"年长的男人突然说，"但万一是真的呢？"

几个人彼此交换了一下视线。

"你信他们那套？"石匠嗤笑起来，指指高处，特莱兰僧侣们正在点亮主峰上的每一盏灯火，"他们说世界会变成蝴蝶，说人会变成文字……我倒是很想看看。说真的，我特别想看看创世诸神之树。据说每一个世界都和那片树上的叶子差不多大小。如果那东西是真的，一定超级壮观。"

"人会不会变成文字，我不知道。"年长男人咽下最后一块肉干，将步行杖稳稳地点在石阶上，"但有时候，活生生的人，真的会变成故事。另一些时候，故事会变成人。"

"那我们来讲各自的故事吧。"石匠说着，露出那种特别讨人嫌的得意笑容，摇动着胖胖的肚皮，"反正世界都要结束了。也许我们中间会有谁，把我们的故事传递下去呢。"

"好啊。"

诗人这样说着，举起手里的灯，一行人慢悠悠地交谈着，稳步向前。天空由亮蓝变成暗蓝，由暗蓝变成深黑。一颗孤零零的亮星在天幕里闪烁起来，渐渐地变成三五颗，随后就越来越多，越来越多。

起风了。

这个季节，山上的夜风并不凶猛，但微微有些凉意。男孩从背包里拿出两件外套，先给女孩披上，再自己穿好。

夜色已经完全笼罩了大地。

空气如同水晶般清澈剔透，银河横亘天宇，星光冷冽如冰。无论是近处的树木还是远方的群山，都已经化作幢幢暗影。一小簇灯火在黑暗里摇曳，应和着这些旅行者细碎的低语，和他们手中细小的灯光。

石匠讲完了他的故事，又不停地点评这个，点评那个。直到诗人掏出一块肉干，塞进他的嘴里。

年长的男人开始讲故事，而女孩安静地听。

月亮升起时，天河渐显黯淡。明亮的月光流泻在云海之上，如同银色的火焰跃动不休，勾勒出石壁上一行人影。

路程已经过半，旅行者们找到一处平坦的石台，坐下来稍事休息。

石匠这一路上一边讲故事一边喝酒，已经半醉了。他把酒瓶丢进背包，整个人心满意足地团在背风处啃着干粮。

女孩把背包里的食物拿出来，学着诗人的样子分给大家。稍事休息之后，他们再度出发。但这次走得似乎慢了很多。长夜仿佛无穷无尽，黑暗像怪兽般吸走了他们的力气。

诗人向前缓慢地迈着步子。方才还很清爽的夜风，如今似乎变得凶恶起来，裹着他，推搡着他，让他无力继续走下去。

男孩向他伸出了手。

很快，所有的旅行者们都挽住了彼此的手。台阶变得更陡峭了，但他们彼此扶持着，低声讲着故事，继续向上攀登。

最后一个人讲完他的故事时，旅行者们终于抵达了山顶。鸟儿在林间反复啼啭。晨光照亮古老的寺庙，那些高眉深目的异国僧侣排成一行走出寺院，每走一步都会摇响手中的铜铃。

风很轻，很安静。不知道从什么地方有歌声回荡而来。

沿着僧侣行走的方向，旅行者们望向东方。

天空一寸一寸地亮起，从微弱的红色转为明亮的金色，又转为夺目的炫白。在太阳升起之前，云朵投下巨大如同山峦一般的阴影，在天空中先行升起，一束一束纤细的光芒自阴影的缝隙中穿过。

光。

起初只是一个亮点，然后扩展成一条火弧，天空中的每一片云彩都在那一瞬间被点燃，大地刹那间有了色彩。

太阳升起来了。

它以一种缓慢而异常稳定的速度，穿过云海的阻隔，穿过它自己投下的阴影，一切黑暗都在它面前融化殆尽。

诗人下意识地屏住了呼吸。

他一直敬畏日出，甚至超过他对黑暗的恐惧。他觉得黑暗是活的，是活物们聚集之所、栖息之地。就算是在最深的黑暗里，你都能听到生命在喁喁地低鸣。但日出不一样，那洒落的光明既没有呼吸也没有律动，就只是稳定而缓慢地升起，那种平静超越一切活物。

然后那片阳光裂了开来，就像是被撕开或者被戳破，夺目的光芒中间显现出狭长深邃的暗色。天空裂开来，而那背后的黑暗比夜晚更暗，比星空更暗，像是有什么东西在另一边等待、张望。它巨大得莫可名状，古老得不可言说。

寺庙里的每一口钟都被敲响了，特莱兰僧侣们停下脚步，仰头眺望。

世界蜕下了它的真实。

诗人觉得某种东西分离了出去，从自己的身体里、从他脚下的山峰里、从他头顶的天空和明亮的阳光里——从这个世界的每个角落里析出，它是半透明的，没有固定的形状，一点一点卷曲起来又伸展开去。它以头顶天空中那条裂痕为原点，缓慢地收缩起来。

世界开始羽化。

大地稳定一如亘古之初，但远方的天空开始收缩，千里之外的海洋如今壁立而起，群星在深水的另一端闪烁，细碎光芒穿过透明水体中游弋的鱼群。

石匠哈哈大笑。

"不枉此生！"他高声叫喊，疯狂地挥舞着双手，"不枉此生！"

天空中的裂痕渐渐扩大，像是蜕皮一样，散落的阳光卷曲成柔软毛发的形状。云海散去，其下的大地折叠而起，和这些曾经高耸的险峰比肩并立。

诗人张开双手，向着天空昂起头。

他飞了起来。

有歌声自天空的另一端回荡而至，他看到男孩拽着女孩的手腾空而起；他看到云霭结成薄薄的冰花，而石匠踏着那些冰花飞奔向黑暗尽头；他看到年长的男人穿过世界的边界扑向苍穹，如同飞蛾扑火。

他看到比烈阳更璀璨的群星，扑面而来。

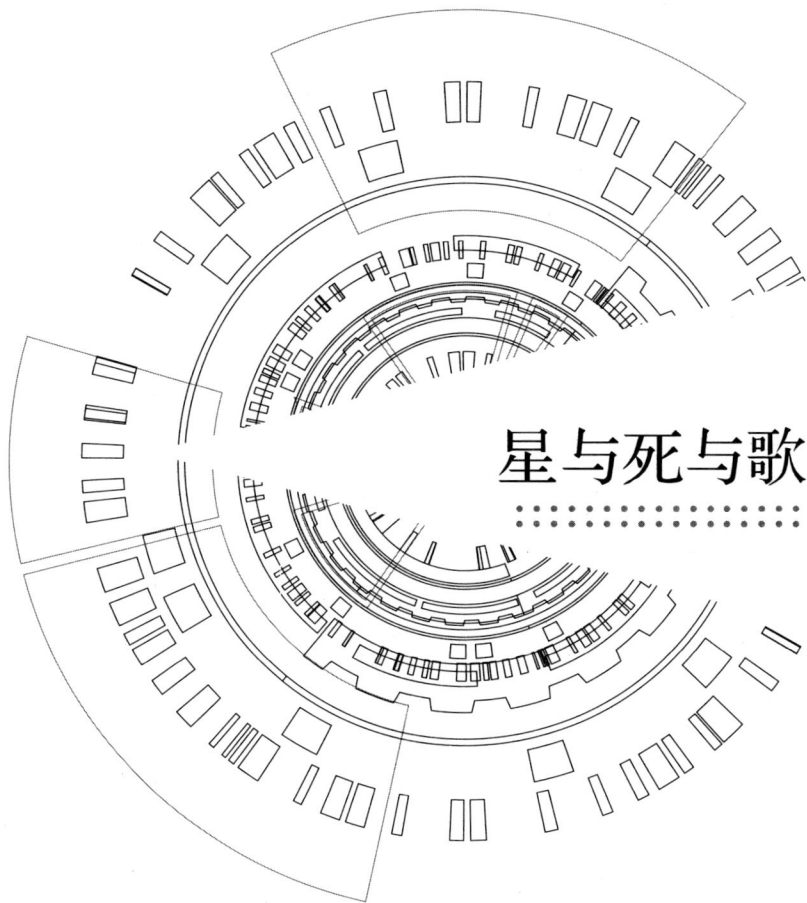

星与死与歌

0. 弥和

我在废铁山上遇到弥和的时候，她的一只手提着长刀，另一只手提着一个头颅。她用黑色的眼睛看着我，像看着一个没有生命的物体。她刚刚杀过人，我还可以闻得到空气里的血味儿。虽然她没说话，但我知道她想顺手杀掉我，因为那双眼睛在表露关于死亡的念头。

那时候我二十二岁，在废土上已经游荡了三年。很多帮派乐于接纳一个古言师，但是我总觉得自己安定不下来。我翻译古语资料，收取报酬，然后走人。有些时候他们不想让我走，拿枪或者刀要求我留下来，或者用男人特有的方式"建议"我留下来。

不过每一次我都顺利逃脱了。

这一次我觉得我逃不掉了，面前这个娃娃脸女人的目光像黑色锁链般锁住了我的脚步，而我看着她，背上冷汗悄然滑落。

然后我看到了她手腕上的刺青——古文刺青。

"弥和。"我读道。

她扬起眉毛："什么？"

她的声音很清亮，像她的刀一样洁净得近乎透明。

"弥和。"我向她纤细的手腕点了点头，"那两个字在古语里读'弥和'。"

她眯起眼睛。

"是第七古语。"我继续解释……语言缓和了她刀刃一样的目光，于是我继续说下去，"在第七古语里，这两个字读'弥和'，指的是一种美丽的花朵。"

"不是'战车'？"她突然问。

我摇摇头。我认识九种古语，任何一种古语的"战车"我都可以写下来，没有任何一种和这两个字对得上号。

"不是'战车'。"我说，"这是个名字，不是一种……东西。"

她的神情突然就软化了下来，笑了笑："好吧，你是个古言师？"

"嗯。"

她用力把人头抛进锈水河："你有伙伴吗？"

"没有。"

本来不该这样说，任何一个在废土上孤独行走的女人都该装出自己有一大票男友的样子，但是我不想对那双黑色的眼睛撒谎，撒谎比诚实更危险，我的直觉告诉我。

"那跟我走吧。"她笑笑，收刀入鞘。

她的笑容很纯净，就像她的声音、她的刀。一个很单纯的女人，因为单纯而锋利，因为单纯而危险。

"呃……好的。"我努力让自己不那么紧张，"我该怎么称呼你？"

"叫我弥和就好。"她回答。

"可是……"

"在遇到你之前，我不知道那就是我的名字，在那之前我没有名字。"

她的声音里有某种铁一样坚硬的悲伤，让我放弃了任何打听她往事的念头。

1. 降临

信使抵达望沙城的那天，是大集日。

这是我与弥和结伴在废土上游走的第九个月，初冬的寒意已经渗入清晨的空气，而我们俩的钱包几乎和刚刚开始旅行的时候一样干瘪。有时候我会去为别人翻译古语，另一些时候弥和会去为有钱的女性担任保镖。但是我们不会在同一个城市滞留太久，最多一个月，然后就再次上路。

很少有女性会自愿选择这种游民一样的生活，但我有我的理由。

我猜，弥和也一样。

不过冬天并不适合流浪，我们原本打算在望沙停留一段时间，等春暖花开时再起程。适逢秋末大集，废土上几个城邦的商旅都来到望沙，在大广场上摆开一行行摊位，人来人往，热闹非凡。我也拖着弥和在人群里转来转去，打算添置一些衣服和必需品。

买了几件衣服和一条轻便的薄毯子之后，我发现了一双非常符合弥和气质的靴子。

"要不要买？"我笑着问她。

她看着靴子的高跟，坚定地摇了摇头："行动不便。"

后来她挑了一双普通的平跟软鞋，让我觉得颇为遗憾。

当我们打算去吃点烤肉喝点热汤的时候，信使的飞车呼啸着从我们头顶掠过，像风分开麦浪一样分开尖叫躲避的人群。

"今晚是降临夜！"飞车上一个男人用高分贝的喇叭喊叫着，"今晚将是望沙城的降临夜，塔罗浮城将会降临在我们头顶。不知目的，不知理由。珍惜生命的人，快点收拾东西离开这里！"

惊惶而无序的喊叫声从人群中爆开来，商人踩踏着货物，女人推搡着孩子，骚动蔓延到了每一个角落。我在人群中被推来挤去，弥和迅速爬上广场边上的台阶，也把我拽了上去。我们站在上面，看到偌大广场里挤得满满的人转眼间奔逃一空，只留下一片狼藉的空地。

"降临夜？"弥和问。

我吃惊地看着她："你不知道？"

她摇摇头，一脸无辜。

"没关系。"我拍拍她的肩膀，"今晚你就能见识到了。回旅店去收拾收拾东西，我们得赶在日落前出城。"

从广场到我们住的旅店并不太远，但一路上都是匆匆忙忙、拖家带口出城的居民，抱着孩子的，扶着老人的……还有一个怒气冲冲的老头儿在阁楼的窗户里对着下面大声喊叫："我偏不出去，我活了六十年够本了，我要见识一下那些混蛋……"

到旅店门口的时候，我才发现老板已经锁门走人了。

"跑得真快。"我苦笑着，看着那把大锁摇头。

"咱们住的是第几间？"弥和问。

"二楼从右边数第二间。"

她把手里提的东西递给我，攀住水管，几下子就爬上了墙壁，撬开窗户，很快就把两个包裹丢了下来。

"走吧。"她滑下来，脸不红气不喘。

我笑着用力拥抱了她。

不止一次，我希望我能有弥和一半的行动力，但是……

"弥和，错啦。"我搭上她的肩膀，转了九十度，"出城应该往西，不是往北。"

——她的路痴程度基本上和她的行动力成正比。

虽说是出城躲一躲，但很多人没走多远，就停下脚来，把西边路上的那个小镇广场挤得满满当当。

"就在这儿等着？"弥和问我。

我看了看从这里到望沙城的距离，摇了摇头："不行，还得走。到那边山上去。"

说是"山"，其实不过是大平原上隆起的一个小土包，最近没下多少雨，路也并不难走。我们爬上山顶的时候，已经有一些人在那里等着了，弥和找了块大石头，我找了些树叶垫屁股，坐下来，从包里拿出厚外套裹上。

"降临夜到底是什么？"弥和不依不饶地问。

"真的很不好解释……等着吧，马上就来了。"我伸手指着望沙城的方向。

到小镇的时候就已经是黄昏，所以我们爬上山顶没多久，天边群星就已经开始闪烁。从这里向东望去，城市的灯火因为空旷而格外黯淡，只有稀稀拉拉的几盏，像鬼魂的眼睛。相比之下，灿烂的星光在渐渐深邃起来的天幕中格外冰冷明亮地闪烁着。

在东方的地平线上，有一颗星异常明亮。

夜风骤冷，我打了个哆嗦，把身上的外套裹得更紧一些。

"来了。"有人低声说。

弥和突然抓住了我的肩膀。

从黑暗的天幕中浮现的明亮星星，渐渐显现出它本来的面貌。

从远处看，像是一片发光的云，但是当它渐渐接近的时候，可以看到那些高耸的尖塔和洁白的墙壁，散发微光的弧形护幕笼罩着一整座巨大的城市，悬浮在空中的璀璨灯火黯淡了群星的光芒。

近了，更近了。

在洁白城堡的下方倒悬着的也是城市，两座城市仿佛镜像般对映。它是裹在球形护幕里的众神飞梭——上方的城市如天堂一样洁白，下面的城市如地狱一样深黑。正位和逆位，这就是为什么这座城市被称为"塔罗"。

缓缓地，它悬停在望沙城的上方。

在那一刻才真正能看出这是一座多么巨大的浮城，它覆盖了整个望沙城的天空，其边缘一直到山脚下的那个小镇。在镇里休息的人正在向外奔逃，他们手中的灯光在夜幕里荡开惊恐的涟漪。

那座巨大的城市缓缓降落下来，我听到有人发出不安的喘息。据说它的球形护幕比钢铁更坚硬，比岩石更沉重。

仍然有人步行或驾驶飞车从望沙城里逃出来，在塔罗浮城的阴影之下，那座城市就像是即将覆灭的小小蚁巢。

浮城继续下降。

球形护幕的底端已经接触到了城里最高的建筑——钳子老大私人城堡里瞭望塔的顶端。半个心跳的静寂后，那座塔楼在重压之下整个坍塌下来。

弥和的手紧紧抓住我的手，我身边的一个女人爆发出窒息般的抽泣声。

向下。

一座高耸的旧神教堂塔楼倒了下去，上面的长明灯熄灭了。

向下。

一座钟楼在重压下坍塌。

我听到有人在祈祷，念着我从来不曾听过的神的名字。废土上的神灵有成千上万，但真实的天罚就发生在我们面前。

不知何时，浮城停止了向下降落。城里不再有房子倒塌。缓缓地，巨大的浮城开始升上天空。几乎所有人都松了口气，有些人当场跪倒在地，用虔诚的语句感谢自己不必失去家园。

弥和深深吸了口气，一根一根松开紧紧抓着我的手指。

"我从来不知道他们会这么干。"她低声说。

"哦，他们会的，而且有些时候他们不会停下来。"我听到自己的声音在发抖，"我在泰和遇到过一次，整个浮城直挺挺地碾在下面的城市上，离着老远都觉得地面在抖，你可以听到房子咔嚓咔嚓碎掉的声音，还有没走掉的人的尖叫声……"

弥和捂住了我的嘴巴，不让我继续说下去。

"至少这次他们没那么干。"她试图安抚我。

"但他们让所有人都知道他们能那么干。"我说，"而那就够了。"

2. 追迹者

不知道过了多久，浮城渐渐远去，但是山头上每一个人都静静坐着，仿佛雕像。没人有勇气站起来走一步，哪怕只是走一步。每一个人都尽可能握着身边某个人的手，或者抱着身边的某个人。我轻声告诉弥和，"降临"只是一种警告，一种对塔罗城地位的宣示。如果浮城议会真的想摧毁某个城市的话，他们就不会派信使来。

如果没有预先的警告，至少有三分之二的人会死在城里，或者在出城的路上被夹在大地和球形护幕之间变成肉泥。

"泰和那一次，浮城升上天空的时候，整个下半部分的护幕都是黑色的，夹着一块块的红色。"我轻声说。

弥和握住了我的手，她的手温暖坚定，没有一丝颤抖。我突然很庆幸，这样的时候，有她在我身边。

一直到那颗星星消失在地平线尽头，才有人站起身来，低声交谈着，打点东西准备回去。我和弥和也行动起来。

几乎每一个人都拖着脚步，不情不愿，但是冬夜寒冷，他们既害怕浮城再来一次，又急于回到温暖的屋子里去。群星用冰冷的目光俯瞰着我们，它们是这世界上不多的能凌驾于塔罗浮城之上的存在。

我跟弥和走在人群中间，缓慢行进的人群，每一个都跟着前一个的脚步。就在这时，有某种东西从暗夜中爆发出来。

群星在我的视野中旋转，很冷。当我倒下去的时候，我才意识到我的腿很痛，从脚踝一直痛到膝盖。

弥和低低喊了一声，一直挎在背后的长刀已经出鞘。

两个人倒了下去。我看到一双明亮冰冷的眼睛，掩盖在一个阴影般的面具之后。

"弥和。"我想喊她的名字，却一个字都吐不出来。

我很冷。

"你的日子到了，战车。"袭击者的声音很奇怪，我从未听过那种混合了金属摩擦一样的嗓音。

弥和看了我一眼，猛地转过头去。

我只有一次见过她那样的表情，洁白的皮肤僵硬得像一张冰冷的面具，我知道她已经准备好了杀人，杀掉面前的每一个人。

我突然很怜悯那个袭击我们的家伙。

她的长刀带起一道流光，我试图看清她奔跑的方向，我想追上去。但是很冷很冷的黑暗裹住了我，我动不了。

又有脚步声传来，我转头看到一个大块头立在黑暗中。

没有男人能那么壮实，那么高，而且走路发出那么响亮的声音。但是他就是在那里，看着弥和与那个阴影中的家伙打斗。

"救她！"弥和对大块头喊道，"求求你，救她！"

救谁？

我的脑子开始迟钝起来，大块头沉默片刻，弯下腰，对我伸出了手。

短暂的眩晕后，我发现自己被一台巨大的机甲抱在怀里狂奔——是一个身穿战斗机甲的男人，我更正自己。

事实上，他已经抱着我跑了很远，我们已经回到了望沙城里，灯火刺痛了我的眼睛。

弥和呢？

我想问他，但我说不出话来。

他在两扇大门前停下，抱着我长驱直入，踏过那座高塔的残骸，大步走进堡垒深处。

"到了。"他沉声说。

这里是望沙城统治者"钳子"巴普尔老大的地盘。

在彻底陷入黑暗前，我意识到了这一点。

3. 钳子老大

我梦到了灼热的海。

看不到天空，脚下是金红色的火焰海浪，头顶是氤氲的浅红色薄雾。船在颠簸，我们还有很长很长的路要走，但方向已经迷失了。

"究竟发生了什么？诸神啊！"有人在尖叫。

"鬼才知道。"另一个声音回答。

仿佛幕布卷起，一个世界悄然远去，而我在某个陌生的地方醒来。

首先映入眼帘的是洁白的天花板和一个陌生女孩的脸，她爆发出小小的惊叫声，跳起来向门口跑去。

很快，一个医生就走了进来。

"感觉怎么样，女士？"他问我。

"水。"我哑声说。

那个女孩儿又跑了出去。

医生简单检查了一下，听了听我的心跳，按了按脉搏，还试图挪动我的腿。

"你的腿感觉如何？"

"嗷！"

他严肃地点了点头："感觉到痛是个好现象。"

女孩为我端来一杯温水，我伸出还不太灵便的手接过来，贪婪地将它一饮而尽。

"现在好多了。"我叹息着，"至少我可以确信我不必当个骆驼。"

"这你尽可以放心，我绝对不是兽医。"

这家伙还挺有幽默感。

我正想吐槽他几句，门口却传来一阵嘈杂的响动。

"那个女孩儿在哪？"一个粗野的声音大声喊道，听起来近乎兴致勃勃，"让我看看那个女孩儿，那个死神都杀不掉的女孩儿！"

医生忙不迭地退开，给那个冒冒失失突然出现的男人让路。

我瞪大了眼睛。

这个男人给我的第一印象就是粗野。他并不高，或许比普通男人还要矮一些，但是粗短的双腿和手臂上的肌肉把衣服都撑了起来。从身材来看不算胖，但绝对算得上壮硕。他穿着一身灰蓝色的工人制服，没错，就是那种管道工穿的厚粗布制服，手上戴着一个铁扳指，却非常不合宜地在上面镶了块蓝宝石。

"哈，醒了。"他大笑起来，一巴掌拍在我的肩膀上，差点把我砸到床下面去，"真是个命大的姑娘，塔罗城的死神都杀不掉你。"

我张大嘴巴，但所有的话都哽在喉咙口。

塔罗城的死神。

暗夜里闪闪发光的眼睛。

还有弥和。

"巴斯塔德的眷顾啊……"我轻声说。

"巴斯塔德？"男人狰狞地一笑，"的确，运气之神真的很眷顾你。正好凯拉在那附近，死神的匕首有毒，他再慢上几分钟你就过河①了。"

———————————

① 指"渡过冥河"，也就是死亡。

我突然颤抖起来。

"弥和呢？"我失声问道。

粗野的工装男人哼了一声，"你说和你一起的那个姑娘？不知道，但多半没事儿。我是说，肯定没事儿，因为今天上午我的人告诉我说，有一个塔罗城的守护者死在我的城市外面，别人曾经叫他'死神'，不过这回他是死得透透儿的了。"

"你的城市……"我觉得自己的嘴角都在抽搐，连忙谨慎地向他点头致意，"你好，我的名字是夏歌，很荣幸见到您，钳子老大。"

端详着我的神情，统治着这个城市的黑帮首领——钳子老大巴普尔放声狂笑起来。

"医生说你已经恢复到可以谈话了。"巴普尔老大拎了个凳子坐过来，像小孩子一样把椅背朝前，骑马似地跨在上面，"能不能解释一下这件事，我是说，先是塔罗浮城压塌了我最喜欢的瞭望塔，然后我的副手从塔罗城的死神手下捡了一个中毒的姑娘回来。最后，今天早上，我发现那个本来应该杀人的死神被杀了，就在我的城市外面。你能解释一下吗？"

一丝寒意爬上了我的脊背。

"塔罗城肯定不喜欢我。"我慢慢地说，尽量选择谨慎的词语，"我是个古言师，但不是他们允许的那种。未经塔罗城允许研究古语，是死罪，但是我不觉得我牛到了要他们出动守护者的地步。"

的确。任何一个稍微懂点杀人手法的家伙，干掉我都很容易。但守护者是另一回事了，那些阴影中的战士直接听命于塔罗浮城的九人议会，连天空贵族都没法差遣他们。有些传说里，他们强大到了不可思议的地步，甚至已经不能称之为人类。

"唔，你是古言师——野路子的，和你一起那个姑娘呢？"

"我不知道。"我耸耸肩，"几个月前我在废铁山遇到她，就和她一起混了，她很厉害，你知道的。"我用手在喉咙边比画了一下，"我没问过她是干吗的，但她有时候接那种活儿，我怕问多了会惹麻烦。"

"她叫啥？"

"弥和。"

"哦。"

钳子老大盯着我，他的眼睛是黑色的，很小，半睡半醒的样子，但真正盯着你的时候，目光相当慑人，像针一样几乎可以扎痛皮肤。

我不想把"战车"的事情告诉他。第一次听到这个词儿是我遇到弥和的时候，第二次是从那个"死神"的嘴里说出来的。我知道每一个塔罗浮城的守护者都会从阿尔克那塔罗牌里选择一张作为自己的代号。

比如"死神""塔""愚者"……还有"战车"。

塔罗城会怎么对待一个离开他们的守护者？

我大概猜得到。

弥和才是他们的目的，而我是次要目标。或许正是因为如此，我才能侥幸活下来。

"我想……也许她接的活儿惹毛了某个惹不起的家伙，也许是塔罗城的人想收拾掉我这个不听话的古言师……"我尽量让自己笑得自然一些，"上面那些人脑袋里想什么，我是猜不出来的。"

"也许吧。"钳子老大打量了我片刻，"我想邀请你在堡垒里做客。"

"啊？"

"你在他们的目标名单上，出去也是很危险，不如住下来等你的同伴回来。我正好需要一个古言师。放心吧，塔罗城的兔崽子不敢在我的堡垒里动手。"

"那样的话会为您带来麻烦……"

"天大的麻烦也不过头点地。"这个粗野的男人露齿而笑，"我看塔罗城的混球们不顺眼很久了，他们也看我不顺眼很久了。别管那么多，住下来就是了，等下我让我家娘儿们把房子收拾出来，你就住过去。凯拉会来接你。"说完，他拍了拍我的肩膀，没等我想好该如何回绝，就起身离开了房间。

我叹了口气，向后靠在枕头上发愣。

下午我已经恢复得差不多了，可以起床走几步。腿上的伤口还是疼，不过只是皮肉伤。医生说我中的是神经毒素，如果侥幸没有一命呜呼，恢复起来是很快的。

随身没什么东西，来时穿的长裤和衣服都被洗得干干净净，烘干了放在床头。钳子老大的手下甚至还把我和弥和的包裹也拿了回来——有明显翻检过的痕迹，不过我并不打算计较。

"夏歌女士？"

温和的男声从门口传来，很熟悉——对了，那天晚上就是这个人把我救回了堡垒。

我探头看出去，果然，一架两米半高、两个壮年男人那么宽的巨大机甲像山一样矗立在门口。银灰色的外壳上印着战团的火红色标志——这是一台标准的卡格鲁战团单兵格斗机甲，穿着这样机甲的男人可以徒手提起一架飞车，并轻松地把它丢到五十米以外。它的速度比闪电还快，火力比战车还猛。任何一个能够驾驭它的人都是当之无愧的战士。

让这样一个战士护送一个古言师，仅仅只是穿过堡垒去她的客房……

如果钳子老大想让我印象深刻，那么他的确做到了。

"昨天晚上谢谢你救我回来。"我试图提起行李，但是由那个照顾我的女孩代劳了。

"是前天晚上，你睡了一整天。"机甲战士温和地更正，"很高兴认识你。我是凯拉·斯洛博丹。卡格鲁战团的中士，现在担任钳子老大的私人护卫兼参谋。你可以叫我凯拉。"

4. 山雨欲来

做钳子老大的客人，是一件绝对不会让人感到无聊的事情。

钳子老大的居所没有名字，只是简单地被称为"堡垒"，因为在整个城邦里再没有配得上这个名字的建筑物。它占地广阔，地上有九层，每一层的外墙都刷成铁灰色，装有炮塔，墙壁上凿出一排排射击孔；最顶层的飞车起降平台附近甚至有两个火箭发射器；而在地下至少还有六层，没人知道里面究竟有什么。

环绕着堡垒的是巨大的"花园"，这个名字颇有一种钳子式幽默的感觉。因为花园是一大片开阔地，里面一枝花都没有，只有在院墙周围长了些凌乱的杂草。平时，钳子老大就在那里训练他的部队。

"花园"和外面的城市被一道围墙隔开，很高，但钳子老大没费心往上面装任何铁丝网一类的东西。相反，他在"花园"里养了十几条恶狗。

必须承认，住在这样的地方让人感到并不那么安心。

我观察了几天，看上去，钳子老大做事的风格和任何一个黑帮大佬都差不多，但仍然有些不那么一样的地方。

比如说凯拉。

卡格鲁战团的那些狂热战士，向来遵守着"只为卡格鲁的荣耀而战"这一铁律。他们和望沙城邦之间曾经有过多次战争，但是如今却有一个卡格鲁战士站在钳子老大身后，捍卫着他的生命和利益。

你见过猫给狗看门吗？反正我没见过。

钳子老大的图书室是另外一个惊喜，他允许我阅览他所有的收藏。作为一个自称"粗人"的城邦领主，他的书籍收藏几乎超过了我见过的任何一个城邦领主。这里有大量用第二古语和第七古语写就的文献，甚至极为稀少的第三古语文献也有收藏。

而且，他居然有一整套第一古语典籍《华之诗》！

我上一次见到这套书，还是在塔罗城的图书室里。

虽然兴致勃勃地翻阅着各种古老书籍，但我仍然挂念着弥和。上午本想出门去打听一下她的消息，却被守卫客气地阻止了。这令我有点小小不快，但没有发作出来。

正看着书，腿上的伤口又痒了起来，差不多到了换药的时间了。我从图书室借了两本书出来，慢慢走下楼梯，来到一楼的康复中心。

医生正在和一个坐在轮椅上的瘦削年轻男人说着什么，我依稀听到"适量运动"和"防止感染"一类的话。

"事实上，我建议你休个长假。"医生说。

年轻男人笑着摇摇头："现在不行，医生，我有我的职责。"

说着，他接过药，推着轮椅转向门口，准备离开。

我难以相信自己的耳朵，但那个声音真的非常熟悉。

"凯拉？"我难以置信地问。

他抬起头来，看着我，露出一个温和的笑容："嗨，你好，古言师。

我猜这是你第一次正式和我'见面'。"

"啊……呃，是的。"我笑了笑，试图让自己从窘迫中摆脱出来，"我们每一次见面你都穿着战甲嘛。"

他点点头，笑容里透出一丝苦涩："很抱歉不能陪你聊天，夏歌女士，我要去值班了，再会。"

"哦，好的，再见。"

他推动轮椅离开康复中心——只有双腿瘫痪的人才会那样吃力地推动轮椅，因为他的腿完全借不上力量。

可是这个男人昨天还在我面前驾驭一台卡格鲁机甲，走得虎虎生风。

医生给我处理腿上伤口的时候，我仍然心不在焉地想着凯拉的事儿，好一会儿才听到他在说什么。

"科学的奇迹，不是吗？"他笑笑，"你似乎很惊讶，但是卡格鲁人就是做得到。"

我这才意识到他在说凯拉。

"卡格鲁战团技术？"

"对，神经机械体外接口技术，那家伙的下肢运动神经受损了，据说是改造的时候出了意外。你知道，卡格鲁人总是喜欢瞎鼓捣自己的身体。但是只要穿上战甲，打开助行支架，他就跟没事儿人一样。"

我不禁对这个聒噪的医生感到好笑："那他干吗还要来你这儿？"

"他的瘫痪事实上是可以治愈的。我是说，现在用助行支架和体外接口完全就是在凑合应急，要是用战团的技术，在脊柱损伤区域做一个神经机械接口的双向接驳，就可以让他重新站起来，只需要三个月左右的时间。他请个长假就可以了，但是这家伙非说要等到任务完成之后，这些卡格鲁人啊……"医生愤愤地念叨着。

"Sisus eid, Nisus llif。"我说。

"嗯？"

"这是战团的口号——宁死于此，绝不有失荣誉。他是卡格鲁人，医生。"

"哼。"他像是想起了什么，欢天喜地地掏出一大沓资料来，"那个，古言师女士，能不能请你帮我翻译点东西？"

我拿过来，眯起眼睛看了看，都是些第三古语和第四古语的医学资料。

"我对医学术语不太擅长。"我笑笑，把凯拉坐在轮椅上的身影从脑海中赶出去，"但我会尽力的。"

命运之神真是讨人嫌。我努力不去想凯拉的事情，但他穿着机甲，在晚饭后敲开了我的房门。

"夏歌女士，"他仍然彬彬有礼，"钳子老大听说你想要到堡垒外面散散步，因此他派我来和你同行。"

我扬起了眉毛。

"你现在可能仍然是塔罗城杀手的目标。"凯拉解释道，"我将担任保护你的职责。"

这时，我才注意到堡垒里蔓延着某种紧张的气氛，佣人们匆忙地走来走去，警卫比往常多了一倍——有些事情即将发生，而钳子老大似乎希望在这个时候把我先支开。

"非常感谢。"我露出灿烂的笑容，"您能陪我去一趟旧神教堂吗？我想为我的伙伴祈祷。"

几乎废土上的每一个城市和乡镇都有旧神教堂，虽然在里面供着的神灵很可能不太一样。

但是三神肯定是有的，光明之神、黑暗之神和生命之神，多半都会被供奉在最显眼的位置。此外两边会分列着"过往诸神"的不同圣象。它们大多是在黄金时代逝去后诞生的神灵，但也有些在黄金时代香火就已经盛极一时。

我来到机运之神巴斯塔德的圣像面前，点起四支短烛，把它们排成一个小小的菱形。

当我点燃蜡烛的时候，看到在祭台的一侧，已经有人点了五支短烛，四支一字排开，一支放在这行蜡烛的右上方。

那是我和弥和约定的暗号。

四支蜡烛的菱形代表"我现在安全但情况不明"，而弥和留下的五枚蜡烛则代表"我知道你在哪儿，但是最近不要接头"。

很好。

我拜了拜巴斯塔德的圣像，机运之神那张圆滚滚的面庞上刻着永恒不变的狡黠微笑。它掌管一切好运和厄运，以及一切非生、非死、非人、非常之物。它是我的神。

凯拉站在我身后不远处，他没拜任何神灵。我听说卡格鲁人只相信自己手里的枪，看来的确如此。

我起身，向教堂外望去，钳子老大的堡垒上方盘旋着好几辆飞车，看来现在回去恐怕还是不太方便。

"介意散散步吗？"

"哦，好。"

不止一次，我曾经飞奔在望沙城的街道上，穿过那些小巷，躲开那些阴暗冷酷的目光，将黑暗中唧唧嘈嘈的低语抛在身后。但是悠闲地散步却很少有，更别提身边跟着一大坨威武雄壮的机甲了。

"那个时候为什么救我？"我绞尽脑汁也想不出可聊的话题，索性直截了当地提问，"你们卡格鲁人很少管闲事的。"

凯拉轻笑一声："我认识塔罗城的死神。"

"啊？"

"塔罗城看我们战团从来都不顺眼，他们要我们交出机甲技术，但是我们不肯。有一次我们出任务，晚上的时候，那个塔罗城守护者摸进来干掉了一多半的兄弟。我醒过来的时候正好和他打了个照面，身边还滚着一个兄弟的脑袋。"

"你把他打跑了。"我猜测。

"不。"他的声音里透出一点苦涩，"他看我是个瘫子，以为我没用，就没理我。"

我哑然。

"穿上机甲，我还有点用，脱下机甲我就是个废物。"凯拉的口气悠然，仿佛在说别人的事情，"那天晚上我没值班，也没穿机甲，什么也做不了，谁也救不了，就那么眼睁睁看着他一路杀过去。说到这个，我还欠你的朋友一个人情呢。"

"唔，我以前不知道弥和这么厉害的。我们都只是接些小活儿。"

"嗯。"

听他的语气，似乎并不相信我的话。

"你对塔罗城什么看法？"凯拉突然问。

我略微有些慌乱。塔罗城？我恨他们，恨不得毁掉他们，但那些理由一个字也不可能说出来。

"泰和。"我最终轻声说。

"'那个'城市？"

"对。"

"你是那儿的古言师？"

"学徒。"我更正道，"不过我师傅已经死了，我称自己为古言师也没什么问题。"

"我记得是三年前。那事儿。"

"三年零四个月。"我仰起头，群星璀璨冰冷，一如那个噩梦般的夜晚，"那时候大概有十几个古言师在泰和，都是没在塔罗城注册过的。你知道，塔罗城只允许他们审查过的古言师在废土活动，你得去塔罗城里，和'全知之眼'面对面，然后你才是古言师。"

"我听说塔罗城的古言师从不背叛。"

"当然。"我笑了起来，"'全知之眼'会钻进你的脑子里，把你变成他们的忠狗，绝不背叛、永不怀疑……换了是你，你肯吗？"

"当然不。"

"他们也不肯，而且他们年纪很大了，既不想挖掘什么黄金时代的兵器，也不想研究什么黄金时代的神秘技术。只是在单纯地翻译古语文献而已，只是一群……学者。"

我哽了一下。

那时候的记忆再次浮上脑海。微笑的老人和主妇，顽皮的孩子，巨大的地下图书馆，忙碌的研究员们……我曾经天真地以为，可以在泰和永远栖居下去。

直到那个夜晚，有一整座城市从天而降，把一切都压碎在瓦砾和泥土之下。

"我运气好，那天正好出门。"我的脑海里再度浮现出那座从天而降的城市，以及像逃离蚁穴一样狂奔哭喊的人群。我躲在草丛里，嗅到青草的气息，听到的却是恐惧的叫喊，"塔罗浮城直接把整个城市都压在了下面，逃出来的人不到三分之一。然后他们派出了雇佣兵和阿尔克那守护者部队，把逃出来的人全都杀光了。"

那时候，有人在天空中挥舞看不见的刀刃，我看到两个手拉手的孩子就在我前面不远身首异处，而我一点都帮不上他们。我只能奔跑着，躲着，等着不知道何时就会降临的死亡。

我突然很想知道，那时候的守护者部队中，有没有身为"战车"的弥和？她是否也在冷酷地收割，沉默地杀戮？

无论如何，当塔罗浮城再度回归天空的时候，小城泰和已经变成地面上的一个大坑，见证着天空中那些统治者的冷酷意志。

"只有很少的人幸存下来。"我轻声说，"他们中一部分去了红城，一部分和我一样开始四处流浪。这些人你只要仔细观察就能认出来。他们从来都不会在一个城市停留很久，只会选择城郊的旅店居住，而且在夜晚总是心惊胆战地仰望天空。"

短暂的沉默后，凯拉说："我们回去吧。"

他的语气异常温和，像是在安抚一个受惊的孩子。

5.地火晚宴

电梯一路向下，深入地底。

我打量着映在电梯后壁镜面上的自己，那个镜子里的女性陌生得令我难以置信。在那个照顾我的姑娘——我已经知道她叫莉妮的帮助下，我简单化了个淡妆，换上了那条很明显由钳子老大送来的长裙。虽然没时间烫卷发，但那姑娘帮我把头发打理得非常得体。

这一切都是为了到某个我不知道的地方，去参加一场晚宴。

凯拉今天也换了一身便装，坐在轮椅上，努力让自己的笑容自然一些。但我猜他宁愿待在机甲里站着，也不愿意在轮椅上呆坐。

在那天和他短暂的谈话之后不久，我便接到了次日晚宴的请柬。这是否意味着我将被邀请接近钳子老大的秘密？凯拉向我保证一切都会顺利而且安全，但我对此保持怀疑态度。

脚下传来轻微的震动，电梯由下落改为平移。凯拉的轮椅滑动起来，他咒骂了一声，我连忙伸手帮他把轮椅稳住。

"谢谢。"凯拉的语气平板，他抬头看了我一眼，露出苦涩的笑容，浅蓝色的双眼里仿佛有一场风暴正在酝酿。

过了很长一段时间，电梯终于停了下来。我帮凯拉把轮椅推出电梯，抬起头看着整个宴会厅——我们仿佛置身于火焰的海洋之中。

灼热的海。

一刹那，我仿佛回到了我的梦境里。在宴会厅的一侧，整整一面墙壁全部用隔热的透明材料制成，深红色的岩浆在墙壁的另一侧翻滚流动，发出无声的咆哮和嘶吼。

整个宴会厅并不大，与会的宾客大概有三四十人，除了那一面火之墙，其余的墙壁都是厚实的暗色岩层，表面裹着散发柔和珠光的涂料。长桌上摆放着琳琅满目的食物，侍者们端着各类酒穿梭在宾客间。

钳子老大巴普尔大踏步地向我们走来，他今天也换上了西服，但是看起来仍然和工装差不多。这个男人有种能把正装穿出一身粗野气质的能耐。

"哈，看，我的古言师来了。"他扭头对身旁的一名女性大声说，"她就是那个泰和来的古言师！"

"啊，是的，事实上我和夏歌小姐曾有过一面之缘。"那位身穿红色衣裙的女性露出一个意味深长的笑容。

我颔首致意："很高兴在这里见到你，夫人。"

钳子老大打量着我。

"泰和的幸存者曾经得到过红城夫人的庇护。"我笑着向巴普尔解释，"我也曾在红城居住过一段时间……"

简单的寒暄之后，巴普尔老大便走到另一侧去招呼其他客人，红城夫人站在我身旁，优雅地端着一杯红酒，她光彩照人的容貌令我几乎自惭形秽。

"我们在龙山下面。"她以漫不经心的语调说出来的话却令我吃了一惊。

"这种事情，塔罗城不会允许的吧。"

"你以为我们为什么聚在这儿？"她轻笑起来，"红城和望沙不是没打过，去年还为了抢地打过一架。但是现在巴普尔把我们都拢到一起了，红城、望沙，还有战团。"

我感到指尖发冷，废土上的大势力加起来也没几个，唯一能让三大势力聚首的敌人只有一个。

"你们疯了？想动塔罗城？"我压低声音。

"以前没机会，是因为他们在天上，我们只能在地上。"夫人耸耸肩，伸手指着散发红色微光的岩浆墙壁，"现在有了。"

一条巨大的乳白色鱼形生物突然从岩浆中显出它的形体，一摆动尾巴，又消失在黏稠的液体火焰里。

"岩鲲。"我轻声说，"这几年，巴普尔老大就在挖这个，是不是？"

夫人默认了。

"不过，我想不出他要我在这里有什么用。"我调侃道。

红城的统治者耸耸肩："和岩鲲交谈只能用古语，参与这个计划的古言师是战团的人，我想，巴普尔大概希望有一个他自己的古言师。"

"哦。"

"你也许可以和那条鱼谈谈？"她的口气饶有兴趣。

"和岩鲲交谈必须非常谨慎，女士，它们是机械幽灵。"

"或者说人工智能？别说那些塔罗城的昏话了，夏歌。我知道你能，而且这东西也不是什么妖魔鬼怪，黄金时代的人类造就了它们，对吧。"

我点点头。

当然，我是说，这种事情总会找上门来，黄金时代的人类，现在还有一些宗教把那个时代的人类称为"过往诸神"。他们可以做到一切匪夷所思的事情，比今天我们能够做到的事情还要匪夷所思一百倍。

在黄金时代，凯拉的伤势根本不算什么问题。瘫痪？没关系，他们可以让他好好儿站起来，甚至让他多长出几条腿。在黄金时代，有近一百座城市飞在空中，随便哪一座都比塔罗城更加引人注目。在那个时代，人类发现了地幔深处的反重力物质，他们没有办法直接进去开采，于是就造出了岩鲲，一种可以在岩浆里游泳，在地幔中生活的机械生物，为他们开采反重力矿液。

后来，当黄金时代的人类全部神秘消失之后，岩鲲却作为一个智慧物种在大地之下继续生存了下来。

获取反重力物质的唯一途径就是和岩鲲交涉，因此塔罗浮城占据了这片大陆上唯一的活火山"龙山",并在它的顶端修建了一个岩浆池。那些岩鲲定期向塔罗浮城提供反重力物质,来使那座巨大的城市浮在空中。

巴普尔老大另辟蹊径挖到了龙山下面,而且,他显然已经和那些岩鲲谈过了。

我走到火焰之墙前,这里有一个小小的装置,可以将人类的声音转化成岩鲲能够接收的震波。这也是黄金时代的一个遗物。

我突然意识到很多人都在看着我,虽然他们在随意地交谈和聊天,若有所指地微笑或者低声地说着什么,但他们都在注意着我。

"试试看?"夫人饶有兴趣地怂恿着我。

这场晚宴是个该死的考验。

我无奈地叹口气,走向那个对话装置,开始思索要如何和岩鲲交谈。

第三古语和第七古语都是岩鲲的通用语言。我不想使用第一古语,它太晦涩、太古板,而且太容易被误读。但作为最安全也是最艰深的语言,它可以很有效地从岩鲲那里得到信息。

但是,夫人说,这儿还有另一个古言师。

我思考了片刻,使用第三古语呼叫岩鲲。这种语言非常简单,缺乏详细的名词,很多时候涉及特定名词只能指代。但以岩鲲的智能,使用这种语言倒是驾轻就熟。

"大地的儿女,火和岩石的舞者,我呼唤你。"

短暂的静默之后,岩浆中再度显现出那散发着白色幽光的身形。

"过往诸神的后裔,你为何事召唤我?"

我小心地斟酌着语句。

"我只想交谈,以及提问。大地之子,天空仍在索取吗?"

"天空从来都在索取。"

翻译器里的语句听不出情感变化，事实上我不确定岩鲲是否真的有情感回路，它是一种人工智能，人造的生命，有着鱼类的外形和拙劣模仿人类的头脑。

"曾有过契约吗？"

"不曾有契约，只是接受。天空有力量，力量可以毁灭，不是交换，只是赎买。赎买生存。"

"谢谢你与我分享你的智慧。"

"代价已付，求取得偿。世间的言语仍然在扼杀注视它们的眼睛吗？"

我吃了一惊。

"是的。"

"谢谢你与我分享你的知识。"

巨大的鱼形生物甩了甩尾巴，游走了。

"令人印象深刻。"一个男人来到我身后，他身上有一种让我非常不舒服的感觉，事实上，我觉得他似乎在用鼻孔看我。"你以非常快的速度和这种生物达成了交流，也许你看过我写给巴普尔老大的关于岩鲲的交流研究？"

"我并未拜读阁下的作品。"我微笑，"不过，我的祖上是北地的渔民，从小就很擅长抓鱼——这一点或许比较有帮助。"

我看到夫人试图忍住笑，而那个男人的脸顿时变得铁青。

"我注意到你没有做交流防护。"他说，"你确定那样安全吗？"

我耸耸肩："事实上，只有很少的古语可以在交谈中置人死地，而岩鲲从未掌握过黄金时代末期的特殊语言技能。我和它的交谈使用了第三古语，词句都非常简单，因此交流防护并没有必要。"

"唔。"他傲慢地笑了，"因此，你以非专业的姿态进行了非专业的交流，我注意到你并没有和它交换任何实质性的信息……"

我攥紧拳头。

"打断一下。"凯拉温和的声音把我从怒火中解救出来，"能帮我拿一下那种甜点吗，夏歌女士？"

"哦！好的！"我快活地说着，迅速走过去取樱桃蛋糕，并藏起自己脸上的愤怒。但是那个男人仍旧不肯放过我。

"看来你们已经认识了彼此。"他愉快地说，"也许我也应该自我介绍一下，我是卡格鲁战团的古言师，也是战士。当然，我在战斗方面的天分和才能完全不能和我们的战斗天才凯拉相比。事实上，只有在今天这种必须正装出席的场合，我才能得到一个俯视战团中最强的战士的机会……"

他言语中的轻蔑和恶意已经表露无遗，很显然他不喜欢我，因为我的出现令他不再是这里唯一的古言师。而他也不喜欢凯拉，因为……好吧，因为凯拉穿上战甲之后可以把他揍个屁滚尿流。

但是现在凯拉坐在轮椅上。

我把樱桃蛋糕递给凯拉，他的表情僵硬，看上去完全听懂了那个古言师大张旗鼓的侮辱。说白了，这个混蛋无非是确信我们今天没法收拾他……

我冷冷地看着这个男人，他是我见过的少有的蠢货之一。居然在和岩鲲交流的时候还要使用防护措施……我猜，他是那种学院派的古言师，懂得几十种理论，却极少把它们付诸实践。他知道古语很危险，能杀人，需要防护，但我非常怀疑他是否能够真的建立起有效的防护措施。

"Viado aita。"我走过去，对那个男人低声说。

他的眼睛微微睁大了。

"微妙地编织言语可以致命。"我温和地用通用语说。

"一句流言可以把里面蕴含的杀意打成卷儿，通过许多人的嘴巴和耳朵传递给它的目标。所有的古语都在这场灾难中被彻底废弃，它们的每一个字符都变成了致命的钢刀。

"在前蒙昧时代，人类用激光和电来操纵大脑中的信号，而在黄金时代，人们直接使用语言来让你的脑干停摆。任何防护措施都是有限的，防御第七古语的方法对第五古语未必有效，而更多的时候，只有当它们开始工作，你才知道死神即将降临。

"我们是古言师，我们是世界上最后一些敢于使用这些语言的人。如果你不懂得它，你就无法使用，但如果你懂得它，你就可能被它杀死。"

我背诵的是《古言书》序章的第二节。我确信这个男人懂得了我的威胁。

微笑着，我向他致意。

"夏歌，能帮我推一下轮椅吗？"凯拉适时地提出了要求，"我们也许可以去尝尝那些烤肉。"

"这是个好主意。"我笑着说，推起轮椅，把那个面色灰败的男人丢在身后。

6. 乡音

他们在尝试着飞翔。

在地表进行飞翔训练无疑会引起塔罗浮城斥候的注意，因此钳子老大把训练场地搬到了地下，在龙山山麓有很多巨大的熔岩空洞和熔岩隧道，他把其中一个巨洞改装成了卡格鲁机甲战士们训练飞行作战的场地。

目前的模拟风力是六级。

虽然反重力涂料使得机甲战士可以脱离地心引力的束缚，但在空中移动还是要依靠小型喷气发动机的推力。而且，机甲庞大笨拙，虽然火力迅猛，但很难灵活地在空中移动。

但是战团没有时间改装更灵活的机甲部队，因为一个月后，塔罗浮城将会接近龙山顶端补充反重力物质，这是三方联盟唯一的进攻机会。如果这一次没能赶上，就得再等一年。

夜长梦多，他们不打算等待。

"只有一次机会！我只能把塔罗城的套子凿开六秒，听到了吗，六秒！"

巴普尔老大扯着嗓子咆哮，一块模仿塔罗城护幕的微光力场在半空中闪烁。几个机甲战士试图穿过去，两个没赶上，一个被夹在了中间，只有一个穿过去了，结果一头撞在洞顶上。

战团的领袖——那个看上去有几分儒雅之气的中年人，失望地摇了摇头。

力场的微光又一次闪烁起来。

一个身影腾空而起，迅速穿过护幕，在空中滚动了半圈，举起手中的武器，模拟弹，准确地击中了力场另一端的靶标。

欢呼声响起，但战团的领袖依旧只是叹息着摇头。

那个身影灵巧地从力场边缘滑下来，稳稳当当地降落到地面。

是凯拉。

我意识到，"出类拔萃"这个词的最简单意思，就是在一群人中间，即使是我这样对战斗一无所知的菜鸟，也能一眼把他从许多台相差无几的机甲中分辨出来。

"他很厉害。"红城夫人走到我身边，若有所思地打量着凯拉，"只可惜……"

我明白她指的是什么。

第二天，钳子老大交给我一些关于反重力涂料的古语文献，都是黄金时代的珍本，我在图书室专心翻译，一口气忙到了晚上。

夹着文献，我乘电梯到了堡垒三层，这里是客房，我住在靠右侧的一边。最近几天，卡格鲁战团的男人们住到了左侧，因为浴室在右边所以他们经常跑过来，让我觉得很烦。

刚转过走廊拐角，我就听到一阵笑声和叫喊声，还看到几个战团的战士躲在墙后面指手画脚。

走廊上有几个士兵正围着什么东西推来搡去，有轮子和地面刺耳的摩擦声。看到我来，他们哄的一声大笑着散开了。

我呆立在那里，看到凯拉艰难地爬回轮椅上，他的脸上和身上到处都是灰尘。

他抬起头看到我，脸上露出复杂的神情，最后定格成若无其事的冷漠，把轮椅向着浴室的方向推过去。

我回到自己的房间，让门开着。

走廊里传来凯拉开关浴室门的声响，紧接着就是一阵混乱的脚步声。几个士兵带着残忍的笑容跑进浴室里，我听到里面传来响亮的撞击声和低沉的咆哮。

过了一会儿，几个裹着毛巾的士兵走了出来，从某个家伙青肿的鼻子来看，他没讨到好儿。

又过了漫长得令人难以忍受的时间，凯拉才吃力地推着轮椅出来。轮椅的一个轮子是歪的，可能撞坏了。他不得不扶着轮轴，免得自己撞在墙上。他的手腕上有一处红色的擦伤，头发湿淋淋且凌乱地贴在额角。

我跳起来跑了过去。

"要进来喝杯茶吗？"我努力让自己的声音自然一些，"我有些关于战团的历史想要请教您一下，凯拉先生。"

他错愕地抬起头看着我。

"拐角那儿还有三个。"我压低了声音，"你先进来躲会儿。"

苦笑了一下，他把轮椅推了进来。

我关上门。

"你不该管这些闲事的。"凯拉努力地在脸上维持着冷漠的表情，用一副好像"不关你事"的口气说。

"反正他们又不能拿我怎么样。"我气鼓鼓地从行李包里拿出泡茶的草药，"一群兔崽子，下流坏，就知道收拾人短处，不长进的玩意儿……"

他扑哧一声笑了起来。

我回头瞪着凯拉，他笑得更开心了，就像是那些青肿不是在他自己脸上一样。

"抱歉……"他一边笑一边拍打着轮椅扶手，"多少年没听到这么'正宗'的北海粗话了。"

"……你是北海人？"

"青原的。你呢？"

"雪居。"

凯拉惊讶地咕哝了一声："那是最北边了。"

"对。"我笑笑，开始调制药茶，"来一碗苦根茶吧，这样你明天就不用带着黑眼圈去见钳子老大了。"

他扬起眉毛："你听起来像个巫。"

"当过三年的巫学徒。"我一边调药一边回答，"这儿不比北地，很多药草都弄不到。我在北地学了三年，又找南客的药剂师学了一年。"

"怎么会想到来南方，我是说，很少有冻原的女人会出来。"

"我未婚夫死了。"我努力让自己的口气像是在诉说别人的事情，"他还没来得及娶我就死了，我要么去走北旅，要么就只能嫁给鳏夫、南客或者残缺之人。这几个选项我都不想要，打了个包袱就跑了出来。"

他沉默。

我把调好的茶递到他手上，凯拉说了声谢谢，默默喝着药茶。我看了看他轮椅的轮子，找了个扳手帮他拧好松动的螺丝。

"你看起来什么都会。"他调侃道。

"离开家之前，我给一个南客机械师打过下手。"我说。

他笑了笑，放下茶杯。

"我一直觉得很奇怪，现在就更奇怪了，夏歌。"凯拉的声音变得低沉起来，"冻原的女孩儿十三岁正式定亲，十五岁成亲，如果你有一个未婚夫，却在结婚前就离开了家乡，那么应该是十三或者十四岁的时候。你说你做过四年巫的学徒，而且在废土至少流浪了三年以上。你说过你二十三岁，泰和那件事发生的时候，你满打满算也只可能在那里待了不到一年。你是从哪儿学会那么多古言师的知识的？就我所知，单纯是掌握一种古语，都至少要两年的时间。"

我僵硬在那里，寒冷从我的指尖一寸一寸蔓延到头顶。

一直以来，对那些打听我过去的人，我都会说实话——绝大部分是实话，然后略微歪曲一下某些细节，就可以让谎言和真实一同扎根。但是我忘记了最要命的事情。

当谎言累积太多的时候，漏洞也会随之累积起来。

我用手指摩挲着藏在腰带里的那把锋利鱼刀的刀柄，只要转过身去，我就可以轻易把它刺进凯拉的喉咙。我甚至不担心战团的家伙会为他复仇，他太优秀、太令人嫉妒，而且是个令他们讨厌的残废……

又或者，我可以继续撒谎，告诉他塔罗城用神奇的技术把我变成了古言师，或者其他谎言。我知道一百种谎言可以解释现在的尴尬处境，每一种都听上去合情合理。

杀掉他，或者继续对他撒谎。

反正没人在乎。

但我在乎。

莫名地，我想起通往百年监狱的那条长长的走廊，我空洞的脚步在走廊里不停回响。当我回过头去的时候，另一端一个人都没有，没人为我送行。

我被判处有罪，只因为我是所有语言神经心理学家中，最优秀的一个。

我仍然记得同事们的眼神，既非畏惧也非嫉妒，就像今天在浴室欺负凯拉的那些士兵一样，充满了得意扬扬的残忍，以及将一个"不属于我们"的人踩在脚下时强烈的心满意足。

我回过头，直视凯拉浅蓝色的双眼。他看着我，神情平静而好奇。

"凯拉。我曾经是个机械师，是个巴巫，还是个古言师。我只向你撒过一个谎——我到泰和的时候，就已经是一个古言师了。但我不能告诉你原因，现在还不行。"我轻声说。

凯拉笑着点了点头，仿佛已经预见到了我的回答："哦，对了，他们不打算让我参加下个月的行动。"

"因为你的……残疾？"我不明白他为什么突然提起这件无关的事情。

"因为我拒绝接受神经机械接口植入。"他面无表情地说。

我的脑子一时有点短路："你……可是那样你就能站起来了！"

"站起来又怎么样？"他反问。

我迷惑地看着他。

"每一个卡格鲁战团的战士都要接受植入改造。"凯拉解释道，"在颈椎和腰椎上植入神经机械双向接口，来取代原有的神经细胞。同时可以导出信号来控制机甲。但是这样一来，这些接口也可以接受信号输入，通过它们来控制一个人的行动。"

我再一次感到了寒冷。

"想知道我是怎么瘫痪的吗？"凯拉浅蓝色双眼里的风暴缓缓蓄积起来，"那次遭遇战我们这一方处于弱势，我向队长提议撤回，但是他拒绝了。不仅如此，在冲锋的时候，他锁定了我们的神经机械接口信号，用人工智能遥控着我们去拼命。

"想想那样的事情，夏歌，你的手和你的脚都不再是你自己的了，身体在勇猛地向前冲锋，但头脑是清醒的，听到自己嘴里发出不想死的尖叫……整个小队的通信频道里就只有那样的尖叫声。我们不怕死，但我们不甘心被操纵着像木偶一样去死，而且是在一场本来不应该发生的战斗里。"

"那场战斗只有两个人活着回来了。我受伤比较严重，而且瘫痪了，但是我拒绝让他们修复我的接口，我拒绝让他们再控制我。后来他们就把我踢给了巴普尔当手下，作为这次合作的'诚意'。"凯拉冷笑一声，"去他的什么荣耀。"

我沉默片刻，从他手里拿过半空的茶杯，再次倒满热水递给他。站起身在屋子里走了一圈，虽然住进来的时候就检查过，确认没有监控和窃听的设备，但我还是再次检查了一遍。

"我的故事比较长。"我在他面前坐下来，轻声说，"恐怕要从黄金时代讲起……"

那个夜晚融化在暖暖的茶香和低低的絮语里，我向凯拉讲了很多很多事情，我的过去、我的记忆、和弥和在一起时的事情、作巴巫时候的事情，还有很多很多远在火焰之海尽头的往事。而他静静地聆听着，时不时回报以另一些故事，关于他的、关于卡格鲁战团，以及关于北方的那片冻原——我们共同的故乡。

漫长的夜晚最终变成了一场梦，第二天早上醒来的时候，我躺在那张宽大柔软的床上，凯拉抱着我，睡脸宁静得像个孩子。

7. 乱风

在那之后，我开始频繁地梦到从前。

有些时候，我是那个踩着厚厚积雪跋涉在荒原上的北地姑娘，另一些时候我听着自己踩在空洞的走廊上发出的回音，走向百年监狱，还有些时候我在废土上奔跑，在一个不属于我的世界里寻求生存。

某个深夜我从噩梦中尖叫着醒来的时候，看到一条娇小的黑影在房顶上一闪即逝。

也许是弥和，也许不是。但想到她可能就在附近，我突然觉得安心了许多。

钳子老大的图书室成了我的避风港，如果凯拉没有来找我聊天，又没有什么事情可做的话，我就在图书室里读那些古语写成的书。没人和我争抢，因为没人能看懂它们。

最晚的一本古语文献出版也是在新元前一百二十年，大概是百年监狱关闭后五十年。那本书几乎完全由第一古语写成，佶屈聱牙，晦涩难懂。我只是大概看懂了一些关于"消亡"和"逃离"的不详语句。

更早一些的古语文献更容易懂，也更有趣，那时候，只有两种语言被转化成了武器，其他的语言仍旧在被使用着。

在某一本显然已经被翻译过的书里，我找到了一段很有趣的记述。

……在被造就之后的数十年里，岩鲲这种生物一直处于某种"前文明"的混沌状态里。

作为人类的造物，它们拥有机械的身体和人工的智能，原本应当和其他复杂的人工智能一样聪明，但是这种生物却没能达到它们应有的智力水平。归根结底，是因为它们没有语言。

在岩浆里传递信息和在空气里传递信息的方式相差甚远，而岩鲲能够依靠电磁波和震波传递的信息只有两种：一种是它们从地面接收的操作指令，包括挖掘矿石、递送容器、指出地点等非常少的内容；另一种就是包括了"0"和"1"的机器语言。

但机器语言严重不适合岩鲲的生活方式。如果你是一台电脑，长期定居某间恒温房里，那么你也许并不需要其他语言，但是岩鲲是一种生物，它游动在千变万化的地幔岩浆层里，生存环境的复杂程度不亚于海洋。

后来，众所周知，"那位"语言学家为岩鲲量身打造了一种语言，她先是拆解了岩鲲两种传递基本信息的模式，并将这些模式和岩鲲的交流器官所能识别的模式组合起来，在人类的语言中选择了比较合适的两种语言，通过转译的方式套用到岩鲲的交流系统里。

自此，岩鲲有了语言，它们的社会和文明在短短十几年间突飞猛进，很快便脱离了人类的控制。

作为一种高度重视承诺和契约的社会生物，岩鲲曾经向"那位"语言学家承诺过，她提出的任何要求，它们——他们都将予以满足。

但是"那个人"并没有提出任何请求，或许只是因为她不需要任何形式的帮助，她可以使用任何人都无法匹敌的武器和力量，就连她的名字都是一种实实在在的威胁。

当然，也许在最后的时候她应该提出要求的，就在她因大屠杀罪名被放逐到百年监狱的那个时候。

但她仍然保持了沉默，很多历史学家把这种表现认定为忏悔，但更多的人对此表示怀疑。

我实在看不下去了，合上书，蜷成一个球儿，笑得喘不过气来。这些历史学家都是蠢货。

几天后，我和凯拉去了一趟旧神教堂，但弥和没留下任何消息。一个月的时间过得很快，我没再去旁观战团的人训练，据凯拉说，他们干得不错。

在确定了计划之后，红城夫人便离开望沙，回到她自己的城市去准备进攻龙山的地面部队。临走前，她约我到堡垒的天台上去见了一面。

天台上的风很大，吹散了我们的声音，我清楚她不想让人听到我们交谈。

"我记得，你似乎还欠我一个人情，夏歌。"短暂的寒暄后，她突然这样说。

"如果你指的是那些从泰和救出来的年轻人，的确如此。"我回答，"但是在一场大城邦战争中，红城的夫人怎么会需要一个小小古言师的帮助呢？"

"我会需要每一份力量，假如我们失败的话。"

我的心微微一沉："就我看来，计划很完美。"

"太完美了。"夫人露出讽刺的语调。

"Alan isr ita。"（完美与结局同在。）

我注视着她的双眼，她平静地回望我，和三年前我们见面时相比，她看起来几乎没有变化——既没有变老，也没有显现出厌倦或者疲惫。她是大城邦的领主，她是完美无瑕的红城夫人，却在向我要求某种承诺。

"Dinota ki dile？Viya？"（幻象露出了真容吗？女王？）

"Le dome。"（就只是幻影而已。）

这么说，她对某些事情有了不好的预感，但并没有抓住什么真凭实据。

好吧。

"我欠你的人情。"我说，"如果你要求我偿还，我会偿还它，但我只会偿还和过去你为我付出的相应的那一份。一切皆有代价。"

她点点头，转身走上飞车。

当红城夫人的座驾从天台上腾空而起，呼啸远去时，我仰起头，听到风在浅灰色的天空下狂乱地咆哮着。

一切都在初雪的那个夜晚爆发。

从日历上计算，那正好是塔罗浮城降落在龙山，也就是三大城邦联盟发起总攻的前夜。那天下午天空中飘浮着一团团模糊的灰色云块，透出淡淡的湿润气息。

"要下雪了。"我对凯拉说。

他阴沉着脸咕哝了一声。

我们两个都没参加行动，被留在了"堡垒"里。诚然，一个古言师在攻城略地中没什么用处，而凯拉，如他自己所言，战团已经不再信任他了。

但是被排除在一场战争之外，对我来说如释重负，对凯拉而言，他表现出来的情绪更接近阴郁和失落。

"一起喝杯茶？"我提议。

他摇摇头："我想去休息一会儿。"

我耸耸肩，帮他把轮椅推回房间，自己去了图书室。

有个小女孩在那里等着我。

她抱着一本大书，跷着二郎腿坐在桌子上，乌黑的眼睛滴溜乱转，笑起来天真无邪。

"你好。"她笑着自我介绍，"我是大阿尔克那的愚者。"

我猛地向后倒退了一步。

一个塔罗城守护者。

"虽然我很想告诉你我的名字，但是你死掉之后就不会记住我的名字了，所以我很遗憾。"女孩儿笑着，那笑容现在变得像一只玩弄猎物的猫。

这没道理。

我是说，我从来没想到过会有一个守护者被派来对付我。更不要说是在这样的时候。

要阻止城邦联盟，直接去暗杀任何一个家伙，都比对付我有用得多。

除非，他们知道了我的过去。

凯拉。

只有他知道我的故事。

我的心往下沉，一直沉到底。只有这个理由可以让塔罗城派出守护者来对付我。他们要杀死的不是一个小小的野路子古言师，而是一个来自火焰之海尽头的……

女孩的手微微抬起。

我绝望地闭上眼睛。

有风划过的声音。

我睁开眼，正好看到一个娇小的人影从图书室的天窗跳了进来，击飞了女孩手里的枪。

是弥和。

她手里握着那把从不离身的长刀，动作里透出某种致命的美丽，所有的锐气都集中在刀刃上，一缕鲜血正从刀尖滑落。

"躲起来！"她对我喊。

我扑到桌子后面，弥和与那个女孩打成一团。那不是我见过的任何一种战斗方式，我扣住腰间的枪，却根本没办法发射。她们的身体失去了人类的形状，变成刀刃和矛枪，以及别的什么致命而又难以形容的东西。我听到那个女孩咯咯的笑声，高亢而疯狂。

有血溅到我的脸上，我硬生生把尖叫吞回肚子里，生怕令弥和在战斗中分心。书架翻倒，比黄金还珍贵的古文献在利刃下化作纸片四处纷飞。

看起来，双方都不想引来太多的人，她们的打斗几乎静默无声。我听说塔罗城守护者可以在举手投足间毁掉一座城市，但现在她们似乎都把破坏控制在最小的范围内。

两个人影猛地相合，又快速分开。一道流光闪过。

女孩瞪大了眼睛，尖叫哽在喉咙里，额头被一把长刀刺穿。弥和跳下书架时，我看到鲜血从她的肩头流出，连忙跑了过去。她向我摆摆手，伸手抚过那处伤口，伤痕消失了。

"没事儿。"弥和柔声说着，流畅地从女孩的尸体上拔出刀，收进鞘里。

"真的没事儿？"

她笑了，指了指自己的额头："除非她在我这儿来一下。真的没事儿。我倒是担心你，我猜到他们今晚要动手。"她转向我，挑剔地打量我，似乎想确定我的脑袋还在脖子上，"巴普尔·德兰不会把该做的事情留到第二天。不过他还真是小心，就因为你是古言师，直接派了个守护者过来。"

我眨了眨眼睛，又拍了拍耳朵。

"你怎么了？"

"你说德兰？巴普尔·德兰？我还以为巴普尔是他的姓氏！"

"才不是。"弥和皱起鼻子，"我第一眼就认出他来了，巴普尔·德兰，天空贵族德兰家族的私生子，塔罗城下城区的一条野狗。他们家族把他从臭水沟里挖出来丢到地上，演了一出好双簧。"

"双簧？"

"现在的话，大概其他的守护者都跑去龙山等着对付城邦联盟的蠢货们了，所以只把这个丫头丢过来，收拾掉留在巴普尔堡垒里的问题人物。"她近乎怜悯地看着那具蜷缩在地上的尸体，"这是塔罗城下的套子，巴普尔拎出块臭肉，战团和红城就急忙急火的钻进去啦。"

我打了个寒战。

"凯拉！"

我跳起来就往楼下狂奔，弥和紧跟在我身后。

该死的该死的该死的……如果这事儿不是因为我的身份而是因为巴普尔想要"打扫"的话，如果他只是想除掉所有和战团、红城相关的人的话……凯拉也是目标之一。

"那个金发男？"弥和的脚步和我一样快，一点不喘，甚至有余裕的精力调侃，"人长得不错，就是瘦了点儿。这两天我看你俩感情不错，他是战团的？"

"嗯。"

我没空回她的话，跳下楼梯的最后一转，差点就撞在那台硕大的机甲上。

在凯拉身后，钳子老大的打手横七竖八躺了一地。凯拉的战甲上有火药和子弹的痕迹，但只是痕迹而已，那坚固的机甲一点问题都没有。

"夏歌！"他的声音里透出紧张，甚至还有点儿兴奋，"你没事儿吧？"

"没事儿，你呢？"

凯拉的声音里透出冷酷的满足感："算他们倒霉，我正好穿上机甲打算去训练。"

我撇了撇嘴。

我敢打赌你是想偷偷跑去龙山参战，你这个战斗狂。

"这究竟是怎么回事儿？"凯拉问。

"先撤到外面去，铁球儿。"弥和说着，灵巧地从硕大机甲和墙壁间的狭窄缝隙挤了过去，手持长刀跳到楼梯口，干净利索地把一个突然出现的打手击倒在地。

凯拉伸手抱起我，一路飞奔。

"她就是弥和？"

"嗯。"

我们交谈间，已经来到了门口，两个门卫已经脸朝下倒在地上，一条恶狗向弥和扑来，半秒钟后已经哀号着滚出两米远。

"令人印象深刻。"看着弥和秀气的双手将长刀挥舞出令人胆寒的弧光，凯拉喃喃道。

我们身后的射击孔传来咔的一声响动。

"该死。"

凯拉回身，射击，速度之快让我差点咬到舌头。但是弥和比他更快，长刀脱手而出，射击孔后面传来一声凄厉惨叫。

寒光闪烁，她的手里不知何时又出现了一把新的刀。弥和总有些这样的把戏，我已经见怪不怪了。

"喂，你把夏歌照顾好就行啦！"她对凯拉威胁似地挥舞刀刃，"剩下的事儿我来。"

我们很快就离开了钳子老大的堡垒，凯拉抱着我一路飞奔，就像那天晚上一样。这次弥和跑在我们前面，细碎的脚步在夜晚里没有半点声音。

"看来她的确是你的好朋友。"凯拉看着弥和的背影说。

"错了，我们是一家人。"我更正道，"现在你也是了。"

"我怀疑她会因为嫉妒而干掉我。"

"不会的，从衣服到武器，我们什么都分享。"

我们在城郊的一处安全屋落脚，凯拉急着想弄清楚情况，而弥和的第一句话就已经足够说明问题了。

"还在塔罗城的时候，我在德兰家见过巴普尔，那时候他还小。"她说，"为了确保我没记错，前几天我摸回去又确认了一次。"

"所以说他其实一直都是塔罗城的人。"我总结道。

凯拉顽固地拒绝相信："这并不能说明问题。"

"这足够说明问题了，凯拉。所有塔罗城的人都会在'全知之眼'下接受洗礼，他们绝对不会背叛塔罗城。"

"如果我没猜错，你也是塔罗城的人，但是你杀了他们的守护者。"

"因为我是个瑕疵品。"弥和露齿而笑。

"也许巴普尔也是呢。"

"那他有什么理由要干掉你们？"

短暂的沉默后，凯拉摇了摇头："我要去龙山。"

"啊？"

"如果他想要对付的是塔罗城，等我们赶到的时候，战斗应该结束了，如果他想要对付的是战团和红城，那么战斗应该也已经结束了。"弥和指出。

"我想去亲自确认一下。"

"那随便你。"

"我们一起去。"我说。

弥和瞪着我。

"巴普尔不会喜欢我们刚刚在他堡垒里做的事情，而塔罗城也不太可能乐于在两个月内连续失去两个守护者。"我慢慢地说，"无论什么情况，谁获得胜利，我们都必须知道。然后才能确定下一步该躲到什么地方去。"

"好吧。"弥和叹了口气，"那我们最好尽快出发。"

我们抢了一辆卡车，我和弥和钻进驾驶室，凯拉大步跳上车斗。在战甲和车厢咣啷作响的噪音间，弥和凑到我耳边。

"真抱歉，守护者之间的事，却把你卷了进来。"她说。

我耸耸肩，揉了揉她黑色的长发："这是我把你卷进来的第二十七次，你觉得我需要道歉吗？"

她笑了。

我们向着龙山驶去。

8. 偿付

我们抵达龙山山麓的时候是第二天清晨，正如弥和预言的那样，战斗已经结束了。

从地上散落的机甲来看，这次战斗的惨烈可见一斑。卡格鲁战团甚至来不及回收他们战友的尸体就不得不撤退，塔罗城已经离开龙山远去，从我们隐匿的地方还可以看到它在天空中拖出的长长影子。地上有塔罗城士兵的尸体、战团的机甲残骸和红城士兵的尸体，但是我没看到望沙城的卫兵们。

"巴普尔这混蛋。"我嘟囔着。

凯拉伸手指了指不远处的一个小山包后面："那边有红城的旗帜。要过去看看吗？"

我点点头。

塔罗城把红城的地面部队就那么轻蔑地丢在身后，甚至都不屑于管他们。当我们接近时，只有几个红城士兵露出警戒的神色，其他人都满脸的麻木和绝望。

人群分开，一个穿着红色上衣的人影走了出来。

我没想到红城夫人会亲临前线。

"很高兴见到你，夏歌。"她露出一抹苦笑，"虽然我很想向你讨还人情，但是眼下恐怕就算是你也帮不上我们了。"

"钳子老大从背后捅了你们一刀。"我猜测道。

她扬起眉毛，打量着我、弥和还有凯拉："我猜他还试图干掉你们。"

"他的手下缺乏技巧。"

夫人点点头，扫了一眼凄惨的战场，说："他在这里倒是干得漂亮，一开战就跑了，塔罗城的护幕力场从头到尾都没打开过。那些守护者飞得比箭还快，比鸟还灵活，战团的机甲上了天就是一堆……肉。他们就放了一个守护者来对付我的地面部队，就一个！它像块石头一样从山上一边大笑一边滚动着碾下来，朝四面八方吐出火苗，我从军火商那里买来的坦克都叫它当地毯一样直接压了过去！"

"那是'命运之轮'。"弥和突然说。但是当所有人都看向她的时候，她又不说话了。

"但是他们把你们留在了这儿。"我说，"塔罗城想做什么？"

"你没发现它在往红城的方向飞吗？"夫人的声音尖利起来，"我已经没多少地面部队了，它现在根本不在乎我的部队，它要去毁掉我的城市……"她高傲的女王面具终于露出了一条缝隙，我窥见了下面奔涌的痛苦和恐惧，"那些塔罗城的人留下我，要我看着！"

我抬起头，看着塔罗浮城在晨光中拖曳出的长长影子。当然，巴普尔一直都是塔罗城的仆从，战团遭受了背叛和重创，只能逃回他们深藏地下的基地。那么，还剩下红城。

就像对泰和那样，他们想要拿红城做个"榜样"，确保在接下来很多年里，都没人再敢违背塔罗城的意志。

我闭上眼睛。

三年前，我也曾和夫人这样面对面，在红城。我牵着两个从泰和救出来的孩子，请求她的帮助。

她曾经想留下我，收留来自被惩戒的城市的古言师。大概那个时候就已经开始了试图反抗塔罗城的计划了吧。

只不过今天还是走到了这一步。

那座城市，高高地飞在天空中的城市，无论过去还是现在都统治着、摧毁着、威吓着地上的人们。

"我要你的庇护，夫人。"我轻声说，"我们三个人。塔罗城和巴普尔老大都想要我们的脑袋，我要求你在红城庇护我们。"

她看着我，瞪大了眼睛："红城很快就要从这个世界上消失了，我要怎么庇护你们？"

"我还欠你一个人情，记得吗？"

他们都看着我，凯拉、弥和，还有夫人和她的手下。

"我需要一个能和岩鲲对话的地方，能接近岩浆又不把我自己烤焦，而且还要有传译用的机器。"我说，"如果想救你的城市，夫人，我就得和那些大家伙谈谈。"

她微微皱起眉头："塔罗城的实验室有重兵把守，但是钳子老大有一个地洞，我恰好知道附近有个入口！"

尽管遭受了沉重打击，红城的部队行动起来仍然异常迅速。我跨过地上横七竖八的尸体，再一次走进了地火晚宴的宴会厅。

我来到火之墙前，打开传译器，略过所有寒暄和隐喻，用第七古语直奔主题。

"我想提出一个请求。"

岩浆中泛起涟漪，白色幽光笼罩的巨大形体轻轻掠过墙壁。

"请讲。"

"塔罗浮城想要摧毁一座叫红城的地面城市。简单地说，想要把它压碎。而我请求你们阻止这件事。"

"我们无法做到，塔罗城威胁着我们的生存，而我们只能服从于他们。无论你提出什么样的交易，都不可能成交。"

"这不是交易，这是请求。我的代价已经在一百七十年前付出，而我如今要求你们偿付。"

"你不可能是那个人。"

"事实上，我是，我是Aikala viya。我要求你们偿付你们在一百七十年前所获得的语言的代价。"

"证明给我看。"

我轻声念出那串密码。这东西只能用一次，但对现在来说，足够了。

"你的确证明了你的身份……"岩鲲巨大的形体翻了个身，尾巴轻轻扫过灼热的湍流，"但是你的要求将使我丧失一个甚至更多个单体，这是很大的代价。相应地，我也会要求增加一部分代价。我们前往天空的船，将在二十年后出发，但我们已经没有向导，因为再也没有像你或者过去那些岁月里的那种人类了，我很高兴在这里看到你，那么，你愿意与我们同行吗？"

哦，巴斯塔德的灰烬啊……我用余光扫过身旁的人们，凯拉与弥和都不懂古语，但夫人懂，她正看着我，用一种我无法解读的复杂表情。

"我答应你。"我咬牙说道，"如果那时候我还活着的话。"

"你会活下来的。"

岩鲲的口气异常笃定，我听说过关于它们可以预言未来的传说，但事实上，对于这种巨大的机械生物来说，他们只是非常擅长计算各种事情发生的概率罢了。

"那么……"

"代价既付,求取得偿。"

岩鲲摆了摆尾巴,消失在岩浆的涌流里。

"好吧。"夫人看着我,像看着某种怪物一样,"我们现在该做什么?"

"到红城去,既然他们要我们看着,那我们就去看着。"我回答。

9. 鲲

红城。

或许正因为它永远拥有一名女性统治者,才使得这座城市成为废土上最美丽的城市。海波之上,红崖之畔,高塔之下,一个可以买卖一切的繁华地方。

塔罗城行进的速度并不慢,我们搭乘夫人的飞车用了四个小时从龙山赶赴红城,而这时,塔罗城已经来到了红城的上空。惊恐的居民正从城里争先恐后地奔逃出来。

"来不及了。"弥和锐利的目光打量着上方正在缓缓下降的巨大浮城的直径,"大概只有最外围的人能跑出来。"

我笑笑,静静等待。

有嗡鸣声在风中响起,大地开始震颤。从龙山的方向传来低沉的咆哮。

"如果那些鱼现在才出发，是赶不上的。"夫人咬牙说。

"赶得上。"我转过头去，"它们不需要从龙山出发。"

突然，有水晶般的庞然大物从地表悄然升起，像是幽魂，或者鬼影，半透明的幽光物体，缓缓渗出地面，仿佛坚硬的岩石对它来说不过是一潭死水，或者一块可以穿透的薄纱。这就是岩鲲的本质，当它抛弃了常态物质的部分，剩下的就只有这巨大无比的反重力流质躯壳。

天空中开始飘落雪花，白色的晶体穿过岩鲲的脊背，在黏稠的反重力流质中缓缓下降。

这是纯天然的反重力流质，未经处理、未经固化，它可以穿透一切——岩层、石块、空气，还有塔罗城的力场护幕。

巨大的鱼形生物向着塔罗城飘去，空气里弥散开灼热金属的气味。

塔罗城开始移动，它试图躲开那巨大的半透明形体。

地面上传来不知道是兴奋还是惊恐的喊声，近了，更近了。我紧张地看着岩鲲接近塔罗城，它的护幕在接触到反重力流体的一刹那，像奶酪一样融化消失，微光散去。巨大的城市第一次扯下了它的面纱，毫无防备地裸露在世人面前。

一些充满恐惧的人开始对着天空射击，他们的武器都不够强劲，但是我看到红城瞭望塔上，一些重型武器在反射着阳光。

"如果我下令攻击会有什么问题吗？"夫人问。

"不会有任何问题。"我耸耸肩，"岩鲲的这个形态，绝大多数武器可以直接穿过去。"

她对着通讯频道说了句什么，那些人开火了。

完全无视雨点般密集的火力射击，塔罗浮城向着远离岩鲲的方向移动着，而岩鲲紧追不舍。梭形城市的下半部分，有一些悬挂式的建筑中弹，甚至起火了。我敢打赌，塔罗浮城从来不曾这样狼狈过。

岩鲲追上了浮城，它巨大的躯体缓缓渗入浮城内部，双方融合在一起，像是一场诡异的恐怖贴面舞。

它开始固化。

岩鲲的表皮荡起涟漪，反重力物质消去它的一部分量子特性，回归到常态物质。它们是黏稠的液体，沉重的流质，而且跌落的方向直指天空。

塔罗浮城开始被迫缓缓上升。有惊恐的人从那些悬挂式建筑里跳出来，在红城的街道上摔得粉身碎骨。我听到浮城支架发出的吱吱嘎嘎的声响，它在原本的反重力引擎和岩鲲强加的反重力撕扯下，正在分崩离析。

当我认为一切都将在今天结束的时候，我听到了歌声——第七古语的歌声。

它们钻进我的头脑，撕扯着我的意志。我发出尖叫声，堵住耳朵，蜷缩在飞车的座位上。

如果你不懂得它，你就无法使用，但如果你懂得它，你就可能被它杀死。

歌声从塔罗浮城里漫溢出来，我突然明白了岩鲲最初那个问题的用意——他们的头脑是模仿人类构建的，他们的语言是人类赐予和教导的，因此，如果一句精心编织的古语可以杀死人类，那么也同样可以摧毁岩鲲。

从一开始，它就试图告诉我：塔罗城可以毁掉它们。

但我却利用古老的约定，逼迫它们对抗这可怕的敌人。

歌声回荡着，我看到岩鲲半透明的躯体在歌声中崩散，但我无法做任何事情来阻止。就像是那些我经历过无数次的黄金时代的噩梦一样，语言变成武器，钻进你的耳朵，影响你的头脑，攻击着进化过程中形成的神经缺陷。无数神经信号从语言中枢狂奔而出，抵达那语言想要操纵和摧毁的神经区域。

我听到凯拉喊我的名字，但我无法回答。"歌声，那歌声！"我只能用力向他尖叫，却无法解释。我听到岩鲲发出古老深沉的哀鸣，仿佛地狱的大门在火焰深处缓缓洞开。

我颤抖的手用力拍着自己的脸颊和耳朵，试图打散那些旋律和语言。不知道过了多久，歌声仍在回旋，而我的意志开始抵抗歌声，渐渐回归头脑。我捂住耳朵，艰难地抬起头来，望向塔罗城的方向。

黏附在塔罗城下半部分城体的那条岩鲲不见了。天空中飘散着白色的碎屑，散发出淡淡的幽光，向上升起。岩鲲被摧毁了，那歌声打碎了它的意志，塔罗城的火力摧毁了它的身体，只剩下一块块反重力流质碎片，像一场逆向的雪缓缓跌入天空。

如果你懂得它，你就会被它杀死。

塔罗城微微转动了一下，它的护幕开始从最高点闪烁起来，一点点向下扩散。

它会回来完成摧毁红城的任务。我知道。

我绝望地瞪大眼睛，却看到一颗流星逆向飞起，直冲天宇。那是一台卡格鲁战团机甲，它散发着白亮的热力，背着体积相当可观的爆炸物，抢在护幕关闭前，一头撞在塔罗浮城的某座建筑物上，爆炸声震耳欲聋。

歌声戛然而止。

更响亮的嗡鸣声在地面回荡着，一条，两条，许多条岩鲲的巨大形体浮出地表，升入天空。

当初，把语言交给它们……不，他们的时候，我就应该意识到，岩鲲是一个极重视承诺的种族，只要代价已经支付，就一定会给予约定者应有的报偿。

即使为之死去，即使为之消亡。

一条条巨大的生物泛着微光飞向塔罗城，播放歌声的那座建筑物却已经被方才的爆炸摧毁了。

塔罗浮城歪斜了一下，扭转了半圈，以相当惊人的速度——我猜是以它的最大功率——向上升起，逃离那群岩鲲。短短几分钟内，偌大城市就变成了天际线上一个拖着滚滚浓烟的小白点。一直到它消失在我们的视线里，仍有数条岩鲲坚持不懈地随之追去。

红城居民的欢呼声震耳欲聋，我环顾四周，突然发现少了一个人。

"凯拉呢？"我大声问。

没人回答我。

"凯拉去哪儿了？"

弥和也惊讶地转过头，和我一样满脸迷惑。我们看到了敞开的飞车后车厢，那里少了一台机甲，以及大量弹药。

我尖叫起来。

10. 旅居

夫人给了我们一把钥匙，它属于某栋公寓楼的六楼，一个很适合居住和营业的地方。她还公开宣布了对我们的保护，这使得弥和与我无须担心太多的事情。

失去的无法挽回，而日子还得继续。

这样想着，我转过街口，却看到一双明亮的蓝色眼睛，一张得意的笑脸。

"你们比我来得慢多了。"凯拉推动轮椅来到我面前，"帮我拿下行李……没了机甲真是麻烦。本来想找夫人要台飞车撞上去，但是那玩意又没遥控功能……喂，夏歌你在哭吗？"

"凯，拉。"我咬紧牙关一字一句地叫他的名字，最后终于爆发出来，"你这个混蛋下次这么干之前能不能说一声！！！"我跳着脚，咆哮着去拧凯拉的耳朵。

"喂，你真的想杀了我啊？"他转动轮椅试图躲开，却被微笑的弥和堵了个正着。

"也许我们应该谈谈这件事……"她愉快地眯起了眼睛，对着凯拉可怜的另一只耳朵伸出了手。

一个星期后，我们在新家安顿了下来。我买下了隔壁的房子作为安全通道，夫人没有对这件事发表意见，我想她大概懒得过问这种小把戏。

我开始在这条街上安排我自己的线人，并开始准备安全屋。冬天来了，旅居的生涯一旦暂时停步，就有太多的东西需要筹划。比如为凯拉定制一套新的战甲，比如联系从前废铁山的主顾……我们的三人生活过得充实而且快乐，我几乎忘记了一个星期前发生的事情。

健忘会令人付出代价，我是说，那天我买了机甲的配件回来，在路上被两个人堵住了。我用匕首划开了一个倒霉蛋的喉咙，但是另一个已经对我举起了手枪。

巴斯塔德的眷顾啊……

我一边祈祷一边朝他冲过去，试图在他开枪前干掉他——就算是壮年男人也不可能比子弹更快，何况我只是个女人。

那家伙的脑浆在眨眼之间被轰到了墙上。

我抬起头，看到一个握着左轮手枪的男人从飞车上向我招手，"喂，你是夏歌吧？"他的口气非常愉快，"你最好小心一点，钳子老大现在悬赏十万通用币要你的脑袋。"

"那你为什么不拿走？"我反问。

"因为夫人会付我更高的工资来保护你们——你，弥和，还有凯拉。"他露出一个年轻男人所能做出的最迷人的笑容，可惜被风吹乱的头发破坏了这一效果。

"你叫什么名字？"

"狄兰，我叫狄兰。"

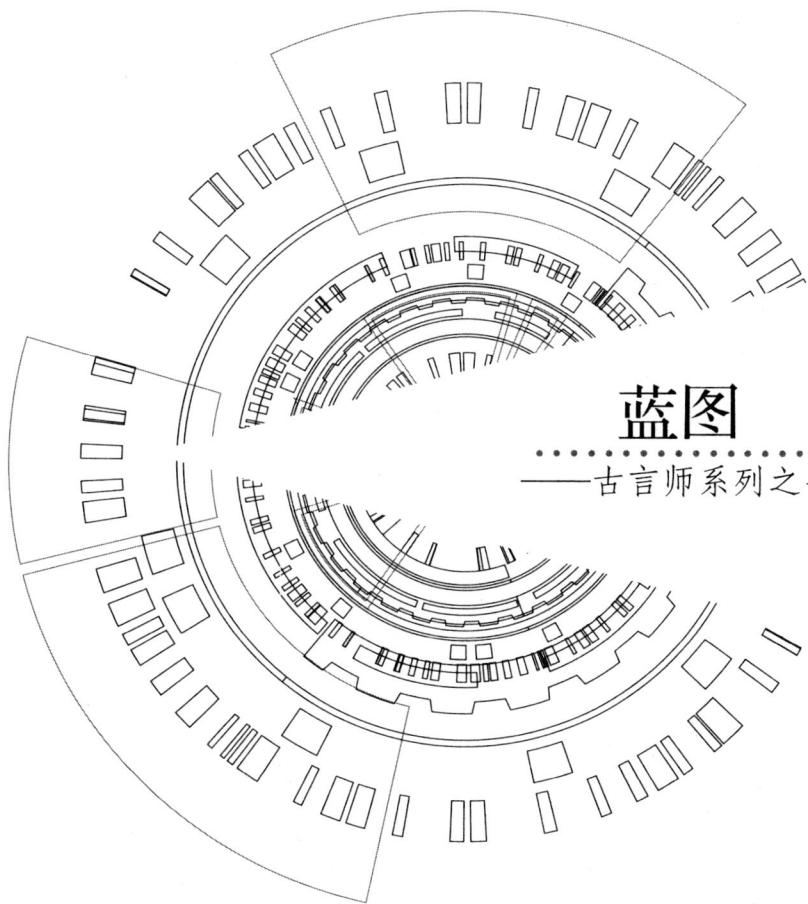

蓝图

· · · · · · · · · · · · · · ·

——古言师系列之一

引子

……他们把船拴在码头边上，这个地方离岸边还有一点距离，男人先跳下船，海水打湿了他的裤腿，他回头招手让女人下来，两人手挽手吃力地走到岸上。

一名红城守卫前来盘问，女人打着手势，一番讨论之后，男人从口袋里翻出几个硬币，守卫挥手放行。

她的手紧紧挽着他的手，两人并肩走向红城高峻的墙垣。

录像在此处戛然而止。

"我想知道你的看法。"狄兰说。

我按动触摸屏上的按钮，一帧帧翻动定格图像。

一个男人和一个女人，乘坐一艘小船，从海上来到红城。这样的事情每天都在发生，但是这两个人被挑出来，自然是有其特别之处。我又看了一遍录像。

"他们是北地人。"我说。

狄兰的脸上微微露出失望的神色。

"或者可以说，他们几乎可以算北地人。"我指着那艘船，以及女人身上的饰物，还有她那用海豹皮缝制的衣装。"船是北地人的船，衣服和饰品也是，他们的容貌——北地人居住地的冬天非常严苛，你看她皲裂的脸就可以看出来，她的确是北地人。但她不仅仅是。"

狄兰的嘴角露出一丝微笑："请继续。"

我叹了口气，这多半是个测试，一个考验。作为红城夫人的代言人，狄兰的任务之一就是考核像我这样的"受庇护者"，看我能不能让红城夫人真的满意。

"她和那个男人交谈的口音是北地口音，但是他们说了一些北地人绝对不会说的话。我自己就是北地人，在那里，古语是一种禁忌，接近恶魔的语言，但是那个男人问她需要多少钱的时候，她用古语回答他'六个'。"

"哪一种古语？"狄兰问。

"第一古语。"我笑笑，"黄金时代最先丢失的语言，也是最难、最少人知道、最神秘的那种古语。这两个人是古言师，而且，至少是高级古言师。在塔罗城的大学里，那些古言师为了训练自己，平时生活起居的语言全都使用古语，这个习惯并不容易改过来。"

"古言师。"他的话语不是疑问，只是确认。

我点点头："是的，和我一样。"

他摇摇头："但是他们不是古言师，这个男人和这个女人，至少现在，他们是红城目前最大的军火公司'云州'的股东。他们自己设计军火，自己销售。他们的东西有时候比塔罗浮城来的高级货还要好。"

"如果他们是古言师，并且手头有一些黄金时代遗留下来的宝贝，做到这一点并不难。"我回答。

狄兰微笑起来。"夫人觉得他们是个威胁。"他说，"自由的、不受束缚或者庇护的古言师，还握有一个强大的军火公司，对夫人的地位有着很大的威胁。"

我的心微微一沉。

"你和你的伙伴们去年来到这里，请求夫人的庇护。夫人给了你们庇护，但是有些时候，也免不了要求你们做出回报。"狄兰的微笑里透出某种警告的意味，"现在我们需要你，夏歌，我们找到了一个黄金时代的废弃数据站，很可能和这两个人有关。我们打算去调查一下，并邀请你和我们同行。"

我只是看着他。

"我派了一些手下进入数据站，但是他们都没有回来。"狄兰慢慢地说，"所以我们现在需要你，需要一个古言师来弄清楚那里面到底有什么东西。"

"你似乎不担心我会拒绝。"我说。

他笑了，报出一个数字，一份极为丰厚的报酬。

我的确无法拒绝。

1

许多年前，我的老师曾经教会我一件事：那些黄金时代的语言和文字是有力量的，而且很可能非常危险。

他反复向我训导这一课，最后一次却是用他自己的命。

小艇劈开海浪，在黑灰色的洋面上前行，天色渐暗，我看了看表，已经快要入夜了。

"还有多远？"我回头向狄兰喊。

"快了。"他伸手一指前方。

当天色几乎全黑下来的时候，我才从浓重的夜色里辨认出那座小小的岛屿。

我们绕着岛转了半圈，找到一处水湾停了船。狄兰跳下船来，我紧随其后，接下来是"大块头"凯拉，他身上的战甲在岩石上发出响亮的撞击声。

狄兰瞪了他一眼："你太吵闹了。"

"作为本次行动唯一的重火力，我认为我有吵闹的权利。"凯拉咧嘴一笑，向我做了个鬼脸。

狄兰哼了一声，扭亮手电，带头走上沙滩。

我们此行的目的地掩藏在小岛上茂密的灌木里。晃动的手电光照出了它的外貌，看上去是那种黄金时代遗留下来的老数据站，方方正正毫无特色的建筑，灰色的墙体上爬满了霉斑，沉重的铁门紧紧锁着。

"就是这儿。"狄兰说着，伸手去拽门把手。

我一眼就看到了门边的字迹，冷汗顿时起了一身。

"别碰！"我大叫。

狄兰的手滑稽地僵在半空中，离门把手只有几毫米的距离。

"别碰。"我重复了一遍，嗓子干得要命，"否则我们都死定了。"

他慢慢抬起手，向后退了一步，又一步，看上去有些恼火。

"没必要大惊小怪，夏歌。我的人都是从这儿进去的。"他皱起眉头看着我。

我叹了口气。

"所以他们一个都没回来，狄兰。"我示意他退开，用手电筒晃动着照亮门边字迹。

那是一行潦草的古语："由此进入，默认开启防御系统。"

我把它翻译成通用语，向狄兰解释了一遍。

"哦，去他的。"他嘟囔道。

"你说过这个数据站是黄金时代的遗留物，所以我估计里面的防御系统也是。"

狄兰的脸色顿时变得非常难看。

夫人手下不养废物，他派进去的都是精壮聪明的家伙，带着的也是一流的装备，但是如果遇上黄金时代遗留下来的防御系统，那几个手下估计连屁都来不及放一个就死了。

"我们得另找入口。"我说。

夜色已深，我们拿着手电在岛上磕磕绊绊地寻找入口，凯拉和我在一起。从一开始，他就挑明了不相信狄兰，坚持要带上重型装备陪我行动。

"人在屋檐下，不得不低头。他是夫人的人，惹不起。"出发前他讽刺地说，"但是也不能不提防点儿。"

凯拉是我的伙伴、好朋友，或者说爱人。我们在一起生活虽然只有半年左右，但是彼此都很了解对方。

不过这一次，我倒觉得他有些多虑。狄兰要捏死我们几个，用不着绕这么大一个弯子，让我不安的是这座岛，还有岛上那个老数据站。我们靠得太近了，几乎可以听到百年前那些幽灵发出的呼吸声和低语。

必须承认，我很高兴凯拉在我身边。

"我宁愿从正面冲进去。"凯拉小声抱怨着。

"——然后被防御火力打成筛子？"我反唇相讥，"跟黄金时代的武器较劲，你那战甲就跟铝锅差不多。"

他笑了起来，声音在头盔里显得有些沉闷："我真的宁愿正面冲进去。鸽子，你自己想想，看不懂那行字的都得死，但是这地方如果没废弃的话，那么占据它的人肯定有关闭防御系统的密码。也就是说，那行字就是给来这儿的其他古言师看的。你觉得接下来会有欢迎等着我们，还是有更多的大炮？"

我苦笑一声。

"这一点不是没想过，但是比起正面冲击防御系统，我宁愿相信有一条后路……说到底，你没法对狄兰说'不行'，是不是？"

凯拉叹口气，调整了一下手里的武器，警惕地望着四周。

突然，一颗照明弹在远处升起，从方向来看是岛的另一面。

他们找到入口了。

这次狄兰的手下学乖了，远远围着入口站了一圈，甚至不打算靠近。我从他们中间走过去，用手电筒照亮地上的那扇铁门。

"鸽子，小心点。"凯拉说。

我点点头，仔细观察着这个入口。

和之前那扇门不同，这扇门上锈迹很少，尤其是门轴部分，甚至有着发亮的润滑油光泽。看来经常使用。

这意味着这个地方的主人经常会有访客。

事实上，偌大的"访客专用"字样就写在门上，同样是古语。门把手在地板门的下缘，方便向上拽开。

"没问题。"我说，"可以把门打开了。"

但是狄兰的手下一个都不动。

凯拉轻轻把我推到一边，伸手来开门。穿着战甲，他的力气比一般人大，很容易就拽开了地板门。下面是一条不算很陡峭的阶梯，蜿蜒进入黑暗深处。当门完全被打开后，里面有灯光亮了起来。

"下去看看。"狄兰说。

凯拉轻蔑地哼了一声，走了下去，战甲踏在水泥台阶上发出响亮的声音。狄兰的两个手下跟在他身后，然后是我，狄兰在最后。我们走下去，

209

让门开着，上面留了两个人看守。

阶梯不长，但是以深度来看，这个数据站的主体几乎全都埋在岛屿地下，我们走了五分钟左右，凯拉突然停住脚步，回过头来。

"我们到了。"他说。

狄兰几步抢上前去，然后咒骂了一声。

我们进入了一个会客室。

米色的沙发、光亮的茶几，还有一个大屏幕电视。事实上，就在我们打量四周的时候，茶几上正自动浮出和人数相等的杯子来。

"欢迎你们。"一个幽灵般的声音响起。

狄兰被吓了一跳，立刻抽出了枪。

看到他滑稽又紧张的样子，我大笑起来。

"不用担心。只是个机械精灵。"我说，"黄金时代留下的小玩意儿之一。"

"我是此地的管理者和守卫者。"那个声音用很受伤的语气说——它用的是第一古语。"我为主人管理他的房子，并接待他的客人。我不是什么小玩意儿，也不是精灵。请各位耐心等待，我将为你们通知主人，他将回应你们的来访。"

糟糕。

"等一下！"我连忙用古语大声喊，"请不要通知你的主人。"

"为什么？"它用无辜的口气问道。

我搜肠刮肚试图回忆起老师教给我的对付这些机械精灵的办法，它们非常聪明，同时非常愚蠢。

"因为正是他要求我们来这儿的。他要你接待我们，并要求你不要打扰他。"我说。

"转达命令的优先级低于直接命令的优先级。"它回答，"主人要求我通知他访客的到来。"

"那么请回答我一个问题，我们在数据站的'里面'吗？"我大声问。

"是的。"它的回答显得很迷惘。

我转过头，指着入口对面关闭的那扇门。"凯拉！"我喊道，"打碎那扇门！马上！"

"好的，女士。"他端起炮口，一炮轰了过去。

硝烟散尽，露出一条长长的走廊和焦黑的墙壁。我冲了进去，回头对着目瞪口呆的狄兰大声喊："快来！"

"损坏，事故损坏……"机械精灵大声重复着混乱的话语，但是没人理会它。我们一窝蜂地冲进了走廊。

狄兰怒气冲冲地追上我，硬是抓住我的肩膀要我停下来。"你刚才不是说会有防御系统吗？"他责问道。

我对于他这么做非常恼怒，试图掰开他抓着我肩膀的手，但是他比我有力，而且他的手下也赶了过来，都端着枪。

太过分了。

"防御系统只是针对外来的破坏。"我不得不解释道，"机械精灵是很愚蠢的。对它来说，会客室属于'内部'，因此他会把凯拉的攻击认定为一次'事故'而不是'入侵'。他暂时不会打开防御系统，在它的逻辑回路弄清楚我们是入侵者之前都不会，但是我们得快一点，因为它已经通知它的主人了。"

狄兰仍然不肯放手。"你刚才在用我听不懂的语言对它说话！"他厉声道，"我怎么知道你是不是在说谎！"

就在这时，凯拉的枪顶上了狄兰的额头。

"放开她。"他冷冷道。

狄兰的手下纷纷举起枪来，情势一触即发。

我伸手按住凯拉的枪，扭头瞪着狄兰："你要我来做这个活儿，正是因为我是专业的。如果没有一个古言师和那个机械精灵对话，我们现在都得死在会客室里。拜托，狄兰，如果你不信任我，你还要我来干吗？"

他怒视了我一会儿，扭头对手下说："放下枪。"

看他们把枪放了下来，凯拉才收起他的武器。

"我们现在该往哪儿走？"狄兰问。

我看了看。

"右边。"

事后回想起来，我该警觉的，因为整个事情过于顺利，顺利得不对头。但当时我们只是埋头奔跑，冲进数据中心，耳边还不停地响着那个机械精灵聒噪的警报声。混乱的气氛让我没法警觉起来，事实上我几乎是昏头昏脑地跟着他们走。

数据中心很大，位于一个大洞穴里。那里到处都是精密的仪器，有很多资料和图纸散落在地上，似乎这里的人离开得非常匆忙。

然后我看到了两具骸骨。

它们躺在一张铁床上，头上接着一些奇特的数据线，这些数据线连到中央电脑上。我让狄兰的手下不要碰机器，只搜集图纸资料，然后自己走过去端详那两具手牵手的尸体。

从衣服上来看，尸体是一男一女。屋子里的空气很干燥，干燥的空气使得它们变成了干尸，蜡黄的皮肤裹在骨骼上，看起来格外狰狞。我压下恐惧，尽量让自己的注意力放在那些数据线上。它们导向中央电脑，中央电脑本身又连接着一个机器，上面有一排奇特的插槽。

"巴斯塔德的灰啊……"我轻声说着，拿起那机器上的一张纸，上面打印了一行行的字迹，但是我一个字都不认识。

这不可能。

我认识每一种古语，包括塔罗浮城里最复杂的典籍，我熟悉它们就像熟悉自己的掌纹一样，但是这些文字——它们的排列看起来只能是文字，在我看来只是一些点和线、一些墨迹、一些鬼画符。

难以置信，我曾经听到过一些传说，据说除了第一古语之外，还存在着"0号古语"。据说那是黄金时代埋藏最深的秘密，即使在重见天日之后仍然没有人能够解读。

我按捺住既兴奋又恐惧的心情，去看后面的图示。这些图示倒是非常清楚：第一张图是一个人躺在床上，头上接着数据线；第二张图是一个小人儿从数据线里走出来，走到机器里的一块芯片上；第三张图是这个芯片被安到另一个人的脑后；第四张图……看上去非常古怪，我只能理解为那个小人儿住进了那个被安装芯片的人的脑子里。

我转过头去看着那两具尸体，有什么地方非常熟悉。那具女尸握着男尸的手，但是只握了小指和无名指……我头脑中灵光一闪：录像！

在录像上，那个北地女人牵着男人的手，也是这样的握法，一前一后走上了海滩。

寒意从我的头顶一直流到脚跟。我叫来狄兰，让他看那两具尸体的手，他的脸迅速变白了。

"你想说什么？"他问我。

我拿起那张纸给他看。

"你认识这种语言吗？"他问。

我摇摇头："我几乎认识每一种古语，但是这一种不行……我猜是传说中的'0号古语'。黄金时代结束之后没人能解读它们。只有黄金时代的人才能，或者是这些图告诉我们的那些用古技术保存下来的……鬼魂。"

他看着我，我从他的眼睛里读出了恐惧。

"东西到手了就撤退吧。"我说。

他点点头，顺手抓起那台机器上的一卷图纸，对他的手下喊叫起来。一群人开始往门口跑。

就要到门口的时候，凯拉猛地拽了我一把。

我眼睁睁看着铁门沉重地砸向地面，将我们和先进去的那几个人分开，狄兰还在后面，而我差点被那铁门切成两半。

那只机械精灵启动了防御系统。

队伍被分成两边，狄兰气恼地跑过去敲打铁门。突然，对面传来响亮的枪声和凄厉的惨叫声，我看到狄兰向后退了一步，他的肩膀抑制不住地颤抖。

幸运的是，我们并未受到防御系统的攻击，或许是最初的设计者不想破坏这里的设备。但是狄兰的手下很可能全军覆没——门外的喊叫声已经渐渐小了下去。

狄兰转过头看着我，他现在孤立无援，显得惊慌失措。

我转头看了看数据中心，那台巨大的计算机显然有和它体积相称的通风管道，足以爬过一个人去。我向上指了指。

"通风口。"我说。

就在这时，一阵倦意袭来。

该死，我早该料到防御系统会搞出毒气……

天旋地转，我最后看到的是凯拉焦急的脸，以及迅速接近的地面。

2

醒过来的时候，天旋地转，头晕眼花，我甚至觉得是船盖在我身上而不是我躺在船上。

船？

我挣扎着睁开眼睛，天色已经渐亮，视线尽头是红城建筑在悬崖上的巍峨城墙，锈红色的墙体映衬着东方海面上微红的晨光。

我觉得嘴里又苦又干，像是有人在我嘴里塞过一只苦瓜味儿的羊毛袜一样。

"巴斯塔德的灰啊。"我咒骂起来，嘶哑的声音听起来很奇怪，几乎不像是我自己的。

一张担忧的脸出现在我的视线里，是凯拉，他看上去似乎松了一口气。

"谢天谢地，你总算醒了。"他把水递给我。

"所以我们活着出来了？"我嘟哝着，接过水咕咚咕咚灌下去，清凉的水滑入喉咙，感觉像是干枯已久的身体被滋润了一般舒畅。

"战甲头盔是密封的。"凯拉笑笑，"毒气对我没用，所以我就带着你们俩出来了。"

我眯起眼睛："你穿着那么大块头的东西爬通风管道？"

"没。"他耸耸肩，"我直接把地下室的顶炸开了。狄兰气得够呛，

215

说我毁掉了资料和数据库。"

我哧哧地笑了起来，想象着凯拉身穿战甲，炸开屋顶，然后夹着两个人爬上碎石块，踩过废墟，大步流星奔跑的样子："安啦，留着资料他恐怕也没命读。"

"我就是这么告诉他的。"

我们俩正面对面大笑的时候，狄兰走了过来，看起来他比我更早地醒了过来。他面色灰败，还有两个黑眼圈，一只手捂在肚子上，看上去活像是他的胃正在和小肠进行一场激烈的地下拳击比赛。他另一只手里抓着几张图纸，皱起眉头看着我们。

"夫人要见你们俩。"

我哆嗦了一下。

"无比荣幸。"我说。

我们幸运得很，防御系统放出的是催眠气体而不是毒气，醒来后差不多十分钟，我就可以行动自如了。狄兰的糟糕脸色倒不是因为催眠气体，而是因为他晕船。

我帮凯拉脱下战甲，这一套东西差不多有半吨重，穿上的时候不觉得，脱下来堆在甲板上的时候实在非常可观。狄兰看着甲板上这一大堆东西，牙疼似地皱起眉头。

"我们得先把战甲送到仓库里去。"我向他解释道，"你说过去见夫人不能带武器。"

他点点头，让手下打电话叫起重机来。

其实我们完全可以让凯拉穿着战甲下船自己走进仓库，但是晚上能这么干，白天就太过招摇了。狄兰也希望这次行动更隐秘一些，事实上，我衷心希望他不要吝啬给船员和手下的封口费。

我拉开带上船的背包，从里面拿出一副套在腿上的助行支架。狄兰还在我们身边晃悠，我无奈地抬起头看着他："对不起，请回避一下。"

"啊？哦。"

他走出去，关上了门。

凯拉轻笑一声，坐到床上去，伸手解开腿甲的搭扣和神经接口。我帮他脱下沉重的腿甲，双腿皮肤上明显有摩擦变红的地方，有些部位已经破了皮。

这才是我坚持要他尽快脱下战甲的真正理由，长时间穿戴这种东西会对身体造成不良影响，包括皮肤擦伤和神经紊乱。通过神经接口，机甲战士可以把自己的神经和机械战甲接驳起来，他们能随心所欲地控制战斗机甲的动作，但也会为此付出沉重的代价。

我拿了一条软毛巾，蘸了药水，为凯拉揉开支架固定处的瘀血，擦洗那片磨伤的皮肤。他坐在床上一动不动，就好像那双腿长在别人的身上一样。

"这感觉真糟糕。"他笑着说。

我点点头，轻轻捏了一下他的手。

如果不依靠战甲或者助行支架，凯拉没法站起来，也没法行走。

平时无论天气多热，凯拉穿的几乎都是长裤，也从来不去海滩，因此绝少有人知道他双腿瘫痪的事实。我还记得刚刚认识凯拉的时候，他穿着机动战甲，威风凛凛地站在钳子老大身边，可是换班的时候却要用轮椅把自己推回房间去。

作为机甲战团的成员，凯拉和他疯狂的同伴一样大肆改造自己的身体，用合金强化骨骼、用激素强化肌肉、将神经切断接驳上芯片……但是稍有偏差，就会带来不可预料的后果。他在一次手术中失去了对双腿运动神经的控制能力，并因此落到了一个黑帮手里。

在和他一起大闹钳子老大的堡垒、并结伴逃到红城之后，我找人为他设计了一套基于神经接驳系统的助行支架。这样一来，依靠这套精密的神经-机械接口和轻便坚实的合金支架，凯拉得以在日常生活中也能行走自如。

从那时候起，装卸助行支架就成了我们之间小小的秘密仪式。

"这一套支架的骨架不错，轻，而且结实，下次去大约翰那里的时候我就按照这套订。"我试了试新的支架，比照着凯拉的腿，把关节衬垫装上，仔细调试。

"支架不错，但是接口有点问题。"凯拉指点着几处神经接口。

"我看看。红城的技术应该不比战团的差。"我小心地卸下一个外接口拆开来，对着阳光眯起眼睛仔细地看着。

哦，该死。

我咒骂了一声，从盒子里拿出另一个来细看。这些东西不对劲。

"怎么了？"他柔声问道。

"被骗了。"我咬牙切齿，把盒子里的接头都倒出来一字摆开。"吴老六卖给我十二个接头，只有上面三个是真货，下面的都是仿造品。看走眼了。"

凯拉安抚地拍了拍我的手背："我们应该还有备用的。"

"有。我记得我从比奇湾来的商人那里买过几盒。"我从工具包里翻出另外一盒接头——它们看起来干净漂亮，接线整齐细密。老六卖给我的劣质品虽然外表仿造逼真，但是一看内部接线就知道不是好货。

我帮凯拉装好神经接头，连上线路，贴上皮肤保护垫，固定支架，小心地一个接口一个接口慢慢调试。凯拉活动着脚踝和膝盖，表示已经差不多了。我扶他站起来在船舱里走来走去，熟悉新支架的感觉。

"这几个接口感觉不错。说起来，也许我们哪天应该去找吴老六谈谈。"他说。

"唔。"我真的没心思去想吴老六的事情，"等我们见过夫人再说吧。"

3

我们站在船头，看断崖之上巍峨的红城渐行渐近。

初升的阳光照耀着城内的六座尖塔，那些塔象征着市议会和夫人的权利，也象征着这座城市——高塔之下，海波之上，夫人羽翼庇护中的自由之城。

当然这都是场面话。实话是这样的：在这个城里，你只要不引起夫人的注意，就可以过得很快活。

我看了一眼凯拉，他无奈地向我耸耸肩。我们快活的日子很可能已经一去不复返了。

小艇直接开进了夫人的船坞。狄兰让手下去卸装凯拉的战甲，自己带着我们两个走上通往夫人城堡的电梯。他带我们来到一间大会客室，里面没人——夫人不会等待任何人，只有别人等她的份儿。

"对不起了，凯拉。"狄兰看着我们，嘴角微微勾起，他身后的仆人推出一架轮椅，"请你把你腿上的助动支架卸下来。"

凯拉的眼睛里闪过一丝愤怒的光芒，但立刻被他压抑了下去。"那样的话，你得把我扛上夫人的楼梯啦。"他调侃着。

我紧紧握着拳头，指甲嵌入了肉里。

凯拉最讨厌的就是这件事，在众目睽睽之下卸掉腿上的助动支架，把他从一个战士再次变成一个双腿瘫痪的残疾人，一个无助的男人……我和他一样讨厌这种行为，甚至比他更愤怒。

不过，凯拉这次并没有像我一样生气，至少没有表现出来，他抬头看着我，笑了笑，伸手轻拍我的手背。

"夫人会来这里和你们见面，在那之前，还请你们交出一切武器，接受身体检查，并且卸下你的助行支架。"狄兰一脸公事公办的态度看着凯拉。

好吧，人在屋檐下，不得不低头。

我厌恶地吐出一口气："更衣室在哪里？你总不能让我们在这儿脱衣服吧。"

在狄兰的示意下，一名男仆和一名女仆走了过来。

"男士这边请，女士那边。"男仆毕恭毕敬地说。

凯拉和那名推着轮椅的男仆走进了更衣室，那个女仆跟着我，我们来到一个小隔间里。我从腰带上取下手枪和带鞘的鱼刀，让她把我身上搜了个遍。女仆甚至反复拍打了我的头发，以确定我的短发里没有藏东西。

憋着一肚子火，我走出更衣室，正好看到凯拉吃力地推着轮椅过来，心像是被什么东西揪了一下。我飞跑过去帮他推轮椅，还把那个男仆吓了一跳。

这一次，狄兰倒是没有说什么。

我们又等了好一会儿，突然，悦耳的铃声响起，狄兰迅速站到门边，恭敬地打开门，夫人微笑着走了进来。

每一次看到她，我都有一种自惭形秽的感觉。

我不知道这个女人的年龄，她看起来和年轻人一样容光焕发，但是又和老人一样威严。她的眼睛是深褐色的，黑色厚实的长发卷曲着披在肩头，衬托出那张面容姣好的脸庞。身上那条红色长裙勾勒出曼妙的曲线，令她显得更加美丽动人。

但那不是你可以去把玩的美丽，对不那么自信的男人和女人而言，夫人身上有一种势不可当的气质，可以直接碾压你，而且不带半点怜悯。

或许这就是为什么她能够统治整个红城，她是高墙内独一无二的女王，同时也是我们的庇护者。

没有浪费时间寒暄，夫人让狄兰拿来一个文件夹。她挥了挥手，仆人就都退了下去，只留下狄兰站在她的身边。她从文件夹里抽出几张纸放在桌上，轻轻地推到了我的面前。

"这几张图纸，是你们从数据站里带出来的。"她说，随后又拿出另外两张图纸，"这些，是我的线人从云州公司里偷出来的。"

我接过来看了看，这些图纸看上去是同一类型，上面用古语注明了各种不同的数据、时间和内容。我试着把它们按照一定的顺序排列出来——这是一套完整的蓝图，也许中间缺少一两张，但是关键的部分都在，包括一台机器、一组电路图以及完整的芯片设计图。

"你能翻译它们吗？"夫人的声音悦耳动听，却带着一种自然而然的威压，"这些蓝图？"

我点点头，又摇摇头。因为我已经看到了上面的鬼画符。该死，这些是什么语言？说的什么意思？

"这里有一些我不能辨认的语言。"我老老实实地回答，"几乎没有古言师解读过这种语言，也许塔罗城的语言大师可以，但我做不到。"

夫人沉吟了片刻，丢过几张纸来："那你把这个解读一下，就在这儿。"

我接过那些纸，这是一段记录，用第二古语写的，比较容易读。事实上它们是某篇典籍的拓本，来自黄金时代末期。上面记述的是一种强大的技术，可以让人类用机器将自己的灵魂，或者说记忆，转移到芯片上，然后将芯片植入别人的头脑，不断更换身体……在文件的末尾，作者意味深长地写道：

> 从这个意义上来说，他们是永生的。如果你不考虑他们要寄宿在另一个活人的身上这一令人厌恶的事实的话。

我小心翼翼斟酌着词句把文本慢慢翻译给夫人听。她褐色的双眼注视着我，嘴角露出一个若有所思的微笑，手指轻轻敲了敲桌上的蓝图："好吧，夏歌。这些蓝图的复制品，你拿回去，把它们翻译出来给我。不能解读的部分可以略过。"

说完，她便起身离开。

"夫人！"我连忙提出一连串的问题，"您想制造这台机器和记忆芯片？云州公司会不会找我们的麻烦？还有……"我迟疑了一下，"那两个人到底是什么人？"

她停住脚步，背对着我。

"我承诺过在巴普尔的通缉令下庇护你，夏歌，我庇护你和你的同伴。但相应地，你们也要为我做事，翻译它们，三天后给我，不要问多余的问题。"

说完，她曼妙的身影便消失在门后。

"安啦，夏歌，夫人会支付你报酬的。"狄兰似乎想安抚我们，"和去数据站的那笔钱一样多。"

我勉强挤出一个笑容，收起蓝图，试图用纸卷遮挡自己颤抖的指尖："当然，狄兰，钱不是问题。"

4

钱当然不是问题。

问题在于夫人，还有云州军火公司。这两头恐龙打起来的时候，我绝对不愿意当夹在中间被碾成肉饼的那只小耗子。

但事情大概没那么容易遂我的意吧。

我苦笑着收好蓝图和钱，和凯拉一起回家。

我们现在住在夫人势力的外环，在城东比较安静的地区租下了一栋公寓楼的顶层，挂着一个"北歌翻译社"的牌子，时不时接点小活儿贴补家用。

到家的时间还比较早，路上静悄悄的没什么人，我和凯拉在路上顺便买了些菜，爬上六楼，掏钥匙，开门，进屋。

我一脚踩进方便面碗里。

好家伙，沿着墙边整整齐齐放了六个方便面碗，跟阅兵似的。屋子里飘扬着一股浓烈的方便面气味。

"弥和……"我有气无力地喊。

从通往天台的楼梯传来一阵脚步声，很快，那张天真无害的圆脸就出现在我的眼前。看到我脚边狼藉一地的方便面碗，她咯咯地笑了起来。

"抱歉，忘记扔出去了。"她这样说着，言语里倒没有很多抱歉的意思。

我把手里的东西丢在沙发上，按住额角："我们出去两天你就吃了两天泡面？"

她吐吐舌头："电饭锅坏了，我搞不定，而且楼下那几个寻仇的家伙一直盯着，我懒得出去。"

"大不了你再揍他们一次，五个流氓应该不算啥。"

"我懒得再打，反正他们打不过我。啊，我去练刀了。"说着，她向我做了个鬼脸，转身又跑上了天台，手里那把长刀看上去几乎和她差不多高。

这就是我们的女刀客，弥和。个子矮、脾气好，一个人可以搞定五个流氓，却搞不定一口电饭锅。

我踢了踢脚边的方便面碗，脱下那只弄脏的鞋，一只脚跳着去拿拖把。

嗯。到家了。

第二天中午，我发现有人在监视我们。

一共三个人，两个在门口停着的一辆破货车里抽烟，一个乞丐蹲在拐角处，面无表情，但是目光总是飘向六楼的翻译社书房窗户。我把这件事告诉了弥和，她点点头，确认了我的观察。

"不只他们。"她专注地擦拭着她的长刀，轻声补充道，"还有两个流动的。"

"是夫人的手下。"凯拉走过来，手里拎着两条茄子，最近他正在尝试学习烹饪，不过从锅里那摊焦黄色的东西来看，似乎不太成功。

"你确定？"我从他手里接过茄子削皮，尽量嘴唇不动地和他对话。

"确定。"他点点头，"我和下面那个乞丐一起接过一些活儿。"

"我们怎么惹到夫人了？"

"也许只是例行公事，你正在和她做一笔烫手的生意。"

"唔。我建议你把枪和腿都准备好。"

他轻笑起来，扒拉着锅里的古怪食物，倒了一些酱油下去，顺手用锅铲的柄轻轻敲了敲双腿上的助行支架："随时待命，女士。"

弥和幽灵般从我身边飘过。"我下去看看。"

没等我说话，她已经不见了。

我和凯拉对望一眼，耸耸肩，继续做菜。凯拉翻动着锅里的菜，时不时倒些调料进去，细密的汗水从他的额头上冒出来，把一缕金发粘在鬓角。我伸头过去看了一眼，锅里的东西看上去更像某种生化战争后的残余物了。

唉，男人真的不适合下厨。

在凯拉彻底糟蹋掉半个花椰菜和两只西红柿之后，我果断接手了厨房，把幸存下来的茄子拯救了出来，并烹调成看上去可以吃的食物。

午餐上桌时，弥和正好闪身进来，迅速把门关上。

"三个桩子、两个尾巴，"她说，"但不只是夫人的手下。猜猜还有哪些货？"

我和凯拉的动作都停了下来，弥和走到水龙头边上，挽起袖子洗手："先吃饭，一边吃一边说，你们俩的枪都在身上吧？"

这顿饭吃得没什么胃口，倒不是因为凯拉烹饪的那道看上去很可怕的菜——事实上吃起来味道还可以，就是看上去像火灾现场。事实上，弥和带回来的消息让我有点紧张，虽然看起来她和凯拉都泰然自若。

简单地说，下面有人盯着我们，而且不只是夫人的人，很可能还有云州公司的人。

这等于明确地开战。

在红城，夫人的庇护意味着最大的安全保障，无论是被寻仇还是招惹了城外的帮派，只要夫人宣布庇护你，那么你就可以安心生活，谁也不敢动你一根手指头。

我们是夫人放过话要保的人，但是云州公司却敢明目张胆地派人监视我们——这无疑是在挑衅夫人的最高权威。

至于他们监视我们的理由倒也容易猜得到，哪有炸了别人老窝，对方还能咽得下这口气的……

昨天晚上我研究了一整夜那些蓝图，基本上已经把能辨认的古语部分翻译了出来。但是"0号古语"的部分完全没法翻译，它们缺乏比照，甚至没有词语和句子的分隔。"0号古语"没有任何一种语言必需的要素，但是从它们在蓝图上的位置来看，又的确是包含了信息的某种语言。

真要命。

虽然夫人说过，只解读那些可以翻译的部分就够了，但是我仍然希望把这些"0号古语"解读出来，毕竟它们夹杂在原文中间，也许包含了一些关键的信息。

现在看来，恐怕尽早把它脱手才是正确的。

我和凯拉商量了一下，弥和也表示赞成。于是我直接拨通了狄兰留给我的密线电话号码。

　　"基本上翻译完了，狄兰。"我说，"我建议你派车来取。因为我发现我家门外有三个桩子、两个尾巴，你有派出那么多盯梢的吗？"

　　狄兰的语气顿时严肃起来。"我派阿卡过去。"他说。

　　我感觉略微踏实了一些。

　　喇叭声很快在楼下响起，夫人的车来得很快。我从窗户探出头去，正好看到阿卡从驾驶室里向我招手，他一如既往地带着那标志性的墨镜，车门上，夫人的纹章在夕阳映照下闪闪发光。

　　我拿起蓝图和翻译手稿正想下楼，凯拉拦住了我。"我去吧。"他轻声说，"你待在家里会安全些。"

　　"喂！"我无力地抗议着，但是弥和已经把手搭上了我的肩头。

　　"你留下。"她坚定地说。

　　好吧……我看着他俩的神情，只能摊手认命。

　　谁让我是这个家里最不能打的呢……

　　凯拉拿着东西跳上车，飞车冲天而起，很快消失在我们的视野里。

5

　　他没回来。

　　我四次拨打狄兰的电话，第一次他对飞车还没到表示了一点惊讶，第二次和第三次，他没接。第四次，他接了，然后立刻挂断。

　　我抬起头看着弥和。毫无疑问，出事了。

"走。"她简短地说。

我点点头。

下面的几个暗哨还在，前门有，后门也有……我跑进卧室，推动书架，露出暗门，弥和跟上来，从床底拖出三个行动包，丢给我一只，然后背上自己的那只，将凯拉的行动包拎在手里。

搬进这间屋子的时候我们就买下了隔壁的房子，为的就是可能会有这么一天。

我们来到隔壁的空屋，它是这栋公寓最外侧的顶楼，楼下有一家旅馆，常年在阳台上挂满床单，正好遮蔽了来自下方的监视视线。弥和推开窗子，用护手扣住细细的钢索滑下去，轻巧地在外面六楼的房顶上着陆，我紧随其后。

我们弯下腰放轻脚步跑过房顶，跳下外墙楼梯的时候，我回头看了一眼，那几个暗哨还傻乎乎地盯着翻译社的窗子。

沿着外墙上的楼梯，我和弥和一口气跑到这栋楼房的二层，拽开那扇防火门进去，是一个狭窄的楼梯道。我们向下，向下，直到地下三层才停下脚步。走廊尽头有一扇圆形的地板门，上面满是锈迹。

我弯下腰拉开地板门，恶臭扑鼻而来，下面就是红城幽深的地下排水系统，而它是我们迅速消失在这个城市里的最佳方式。

从行动包里拽出一根冷光棒照亮，我和弥和毫不犹豫地跳了进去。

在恶臭和泥水里跋涉了大概一个小时左右，我们抵达了避难所。它的入口位于某个下水道盲端一段隧洞的尽头，那扇门被锈迹、青苔和污泥紧紧封住，如果不是事先知道它的位置，几乎不可能找得到。

弥和侧过身子，让我过去，我走到门前，伸出手指谨慎地摸着门板上隐约的凸起。修建这个地方的时候，我把密码识别器做成隐藏的，然后埋在门里面。

如果按错了，我和弥和就会被门另一侧的炸弹炸死。

097335，我一个个数字慢慢按下去。

门缓缓打开。

这个地下室空间不大，里面藏着的主要是武器和一些机械设备。这样的避难所我们有好几个，其中还有两个在城外，放着所有重要的东西。家随时可以放弃，这些东西可不行。摆脱了那些盯着我们的"眼睛"后，我觉得轻松了许多，但仍然担心着凯拉。

我和弥和盘点了一下装备，凯拉的行动包里原本就有一副新的轻合金助行支架，我从架子上拿了一把刀和一把短枪装备在支架上，然后把支架折好放回包里，想了想，又挑了一把比较轻便的P226手枪自己带上。我开枪还算准，虽然反应比起专业射手总要慢一些。不过，多一把枪总是好的。

弥和在用软布擦拭她的长刀，她的眼神冰冷专注，黑色瞳孔里倒映着白色刀刃的流光。

"你觉得可能是怎么回事？"她低声问我。

"不知道。"我摇摇头，"也许云州公司和夫人开战了，也许有人找凯拉和阿卡寻仇……什么都有可能，但是我们现在什么都不知道。"

"有什么好建议？"

我咬咬牙："到白璐酒吧去，找'喇叭'谈谈。"

避难所里有个衣柜，我从里面挑了一件新T恤和一条牛仔裤。弥和找了条裙子。我们稍做打扮，看上去就像是第一次去酒吧钓男人还怯生生拖着女伴同行的菜鸟。我把枪藏在背后，没看到弥和把枪藏在哪儿，也许是她柔顺的披肩长发下面？她还带了一把短刀，而我的鱼刀也贴在腰带上。

"走吧。"她说。

我们从另一个门摸出去，这条路相对干净一些，一条楼梯通向地表。弥和用手提着高跟鞋，穿着软鞋一直走到出口，才把鞋子换下来。

出口处是一间空置的平房，我们打开门，走进喧哗的街道，手挽手向酒吧走去。

白璐酒吧里以旧城区的年轻人居多，他们留长发、听震颤音乐、喝啤酒，女孩不多，醉醺醺的男人倒是不少……"喇叭"就在这儿混，找他很容易。

我不知道"喇叭"的真名叫什么，好像也没谁知道。"喇叭"就是"喇叭"，这个小老头儿虽然每天都醉醺醺地趴在酒吧的桌子上，但却能手眼通天，基本上红城里发生的大小事情他都知道。有些人传，说他有某种黄金时代才有的特殊技术，而我宁愿相信他有一套成熟的情报网。

不过找"喇叭"谈话必须当心，他会把一切消息卖给任何人，因此很多去找喇叭的人，他们自己的行踪反而成了"喇叭"出售消息的一部分。不到万不得已，我甚至不想靠近白璐酒吧半步。

我和弥和走进来的时候，一群人正在舞池里伴着震耳欲聋的音乐扭动身体，我扫视了一圈，很容易就看到了"喇叭"那双阴恻恻的眼睛。

他正在盯着我，事实上他正在招手让我过去。

我感觉不妙，但是既然已经来了，就索性硬着头皮走了过去，弥和跟在我身后，她的手搭在腰带上——可以随时拔出短刀。

"喇叭"看起来没喝醉，事实上他看起来非常清醒。

"你来买消息。"他只是打量了我一眼，便笃定地说。

"对。"

我在他对面坐了下来，周围的人看到是来找"喇叭"，都识趣地转过头去。

"提问题吧。"他露齿而笑，"一个问题一千块。老喇叭什么都知道。"

这就是该死的"喇叭"的价格，而且他绝不接受讨价还价。

在来的路上，我已经仔细斟酌过了问题。

"今天上午，有一辆夫人的公务飞车从北歌翻译社起飞前往夫人那里。"我慢慢地说，"司机是夫人身边的阿卡，乘客是一名叫凯拉的金发男人。他们有没有到达夫人的城堡？"

"没有。"

一千元就这么出去了。

"那么这辆飞车发生了什么事？"我问。

老喇叭压低了声音："从海上来了一群来历不明的家伙，突袭了这辆飞车，把它打进了海里。"

又是一千元。

"车上的人怎么样了？"

我把三个一千元的小纸卷从桌子底下塞进老喇叭手里，他咧嘴一笑："阿卡死了，被那些人当场崩了，你的凯拉没死，也没受重伤，至少被那些人押走的时候他是自己走上另一辆飞车的。"

巴斯塔德的眷顾啊……我意识到老喇叭已经知道了我是谁，但是现在没时间计较这个。又一个纸卷转手："凯拉现在在哪儿？"

这个纸卷被老喇叭轻轻推了回来。

"老喇叭不知道。不知道的回答不要钱。"

我气恼地看着他："那些人去了哪儿？你要多少钱才肯回答这个问题？"

这一次，他没有回答。

很明显，他知道，但是他不想说，这个问题比一千块昂贵，甚至也比他老喇叭的招牌昂贵得多。

有些"答案"是惹不起的。

我的头脑中飞快转着各种可能性，寻仇的钳子老大雇佣的人？抑或是云州军火公司的报复？我得不到直接的答案，但或许可能旁敲侧击地获得它们。

"老喇叭也知道城外的事吗？"我问。

"当然。"

我把两个纸卷放进他手里。"第一个问题。钳子老大上个月有没有从红城买军火？"

"买了。"他的回答斩钉截铁。

"第二个问题，他买的是夫人的军火还是别人的军火？"

"红港出去的军火。夫人的军火。"

我点点头，掏出手中最后一个纸卷："最后一个了，老喇叭，今天上午在东城那边有几个新桩子，其中一个脸上有一半都长着白癜风，我曾经在云州军火公司院里看到过他，他是谁？"

老喇叭若有所思地抬起头看了我一眼："那小子外号半边白，是'树洞'手底下的耗子。"

哦。

"谢谢，很高兴和你做生意。"我微笑了一下，起身和弥和离开酒吧。

6

"怎么样。"走出酒吧后，弥和问我。

"这是个局。"我心里头一股子怒气不知道向谁发，"这事儿从一开始就不对劲。你想想，弥和，假如你是个黄金时代的鬼魂，偷了两个人的身体上了岸，辛辛苦苦用好几年时间建立起一个大公司，却把自己的老家底就那么丢在两百海里外一个无人看管的荒岛上，交给一个傻得不能再傻的人工智能。那个数据站有一扇经常使用的会客门，但是里面却积了半寸厚的灰，还有两具骨头放在那儿。你觉得这算怎么回事儿？"

"有人把我们设计进去了。"弥和薄薄的嘴唇好看地翘了起来，但那神情绝对不能算是笑容，"既然知道凯拉暂时没事儿，我们先回避难所去，好好想想该怎么办。"

我点点头。

虽然话是这样说，但最后我还是与弥和兵分两路，她绕回翻译社附近去探探风头，我先回避难所，琢磨一下那些从数据站里带出来的蓝图。

夫人给我的那份蓝图是副本，已经翻译好给凯拉带走了。手里目前这些蓝图是我在翻译社的时候复制下来的，在复印了两道之后，有些字符已经变得模糊。

因为挂念着凯拉，我几乎无心琢磨这些该死的古语，头脑越发纷乱，一怒之下，我把蓝图丢在了地上。

有花纹从字符中浮现。

我吃了一惊，捡起来细看，看不出端倪，于是又放到地上，隔着一段距离来看，果然，在那些"0号古语"的断句和空白里浮现出某种花纹，和第一古语的段落似乎相互呼应。

我蹲下身子，又站起来，远远近近看了几次。

这几张蓝图上，第一古语的段落和"0号古语"的段落都是手写的，散乱地分布在蓝图的边角和注释上，有一些甚至写到了图纸的空白处，这些段落的分布显现出某种图样。事实上是两种图样，不同文字段落显现的图样并不相同。

我兴奋起来，裁了些白纸条，把蓝图按照顺序排好，一点一点地把"0号古语"的段落挡起来，一个完整的图像便渐渐在那些第一古语的段落里显现出来。我看到弧线和漩涡，还有一些点和一些线条，我还看到……

我看到世界从正中央裂开来，分崩离析成一块一块。

我的老师曾经告诉过我，古语可以杀人。

最后一条白纸从我无力的手中落下去，盖在蓝图上，完整的图案显现出来。我无法形容它的形状，它像一个带着芒刺的漩涡，又像是闪烁着黑光的洞穴……事实上，它存在的意义并不是为了让人解读它的形状。

而是让人去死。

我无法呼吸，无法思考，头脑和躯体仿佛已经脱离开来。我记得我的老师讲过的那一课：黄金时代的人们发现了最可怕的武器。他们计划用语言深入敌人的头脑，在说话和谈笑间摧毁对方的思想和生命，但是当这一切运作起来的时候，他们自己也未能幸免。世界随之毁灭了，只有那些对古语一无所知，只使用冷僻语言的民族活了下来。

我们是古言师，在生和死的边界跳舞，认识古语就等于认识死神。

我曾经记得这一切，然后我愚蠢地把它们忘记了。

我跌入黑暗深处，听到某种深沉遥远的搏动声，那是我心脏的声音，越来越远，越来越远，越来越远……

我听到一个声音，在遥远的地方喊着一个我几乎已经忘记的名字。

7

"鸽子？鸽子？夏歌？喂！醒醒！"

弥和摇晃着我，而我有一种被人从黑暗里硬生生拔起来的感觉，头很痛，几乎没法思考，肩膀也很痛。我跌倒的时候撞到了架子？似乎是的。我突然想起那几张蓝图，猛地坐了起来，把弥和吓了一跳。

"别看蓝图……"我含糊地说着，用眼睛余光扫着地面，还好，我跌倒的时候把那些图样踢散了，谢天谢地弥和没有看到那东西……

"怎么了，鸽子？"她紧张地问，"谁袭击了你？"

"不是'谁'，是这个玩意儿……"我用脚尖踢了踢蓝图，勉强扶着墙站稳。"这些该死的鬼画符根本不是什么见鬼的'0号古语'，它们是该死的保护机制……"

我终于明白了那些"0号古语"的意义，它们事实上是毫无意义的乱码，唯一的作用就是分割开蓝图上那些用于杀人的文句，当段落和句子被分割开来，整体的含义就没法传递，也没法破坏阅读者的头脑。

而我蠢到把它们遮盖起来，自己找死。

"这蓝图很危险……"我疲惫地坐下来,"你在外面打听到什么消息没有?"

"有个足够给力的消息。"弥和轻笑一声,"夫人好像出事了。"

我差点跳起来。

"堡垒的门紧紧关着,全城戒严,满天都是疯了一样飞来飞去的车子,咱们的房子附近塞满了桩子和探子,还有一大堆杀气腾腾的夫人的手下。但是没人知道夫人出了什么事儿,据说是病倒了,很严重,而且……"弥和讽刺地笑了起来,"似乎那些家伙认为这事儿是我们干的。"

我揉着疼痛的脑袋,对刚才的事情仍然心有余悸,如果夫人和我一样看到了蓝图里藏着的东西,我不认为她会比我更走运,尤其是如果有人故意给她看的话。

"为什么是咱们?"我问。

"狄兰放出来的话。多简单的事情嘛,昨天早上你们才和他一起从数据站回来,你和凯拉好好儿的,他带去的手下死了一堆。你们带了东西进夫人城堡,紧接着今天就出了事儿。夫人是死是活不知道,她的信使飞车被袭击,身边最亲信的阿卡被来历不明的人崩了。但同样一批人,却偏偏只是把凯拉带走。换了是谁都会怀疑我们的。"弥和苦笑着看着我,"或者说,怀疑你,来历不明的古言师女士。"

我翻了个白眼。

来历的问题确实很麻烦,我的来历大概只有夫人和我身边的这两个伙伴知道,但是这完全没法作为市议会面前的呈堂证供。

"我没干这事儿。"我轻声说,"你和凯拉也不可能干这事儿。有钳子老大在城外盯着,暗杀夫人对咱们三个没半点好处,但是这事儿说出来只有夫人自己才相信……那么是谁干的?谁想要夫人的命,还想拿咱们顶缸？"

弥和看着我眨眨眼睛："谢谢你的信任票，鸽子，我们还是把势力盘拿出来摆摆看吧。"

我不记得势力盘这东西是谁发明的了，废土上有很多大大小小的势力，有时候结盟，有时候背叛，有时候相互攻击……只用脑子硬转恐怕根本弄不清楚谁是敌人谁不是，而某些废柴在想明白怎么回事儿之前已经挂了。

势力盘就是用于分析复杂形势的，它有点儿类似棋盘，中间的圆圈里写着"目标"，而外环分成三等份，分别写着"己方""敌方""无关"的字样。棋子则是一个个"X"形的夹子，上面夹着可以写名字的纸片。

我把最大的那枚棋子写上"夫人"的字样，放在"目标"区域里。这很简单，无论是谁设置了数据站那个局，利用蓝图来做他想做的事情，花费这么大的周章，目标不可能是我们三个人，或者小小的翻译社。要干掉我们，比这省力气的方法多得是。

我开始写这次事件相关的人，最初是狄兰、我、凯拉，还有那些手下……然后是云州军火公司的两名神秘人物，还有那些楼下盯梢的家伙。我想起了"半边白"，就把他也写了进去。

弥和拿过笔，填了一个"巴普尔"上去。

"这不太可能。"我指出，"钳子老大跟我们有仇，但是他没理由为了这个搞掉夫人。这费劲儿程度已经超过你出门拜访邻居先从反方向环游地球一圈了。"

"还是要考虑进去。"

"我之前就考虑过劫走凯拉的是不是巴普尔，然后我问了老喇叭，他说钳子老大上个月还在和夫人做军火生意。"

237

"唔。"弥和点点头，把写着"巴普尔"的棋子放到"敌方"离中心较远的位置。我把棋子一一就位："敌方"放着"云州军火""半边白"和"巴普尔"；"己方"放着"夏歌""弥和""凯拉"；"无关"里放着"狄兰""阿卡"。

"为什么把这个家伙单独写出来？"弥和指着"半边白"问。

"他是'树洞'的耗子，谁给他钱他就给谁做事，也就是说，他可能昨天给云州公司干活，今天就给别人干活。"我解释道，"之前我以为他可能是巴普尔雇来的，但是现在觉得不像，事情不太可能赶这么巧的。"

弥和点点头，把"阿卡"移动到了"目标"的圆圈里。

"干掉夫人和阿卡对谁有好处？"她自言自语地说着，把"云州军火"推向前一步，把代表我和她的棋子向后推了半步。

"留下凯拉对谁有好处？"我问。

"要给真凶顶罪，就必须在那个时候留下他。"弥和说。

"不管真凶是谁，他多半雇了'半边白'来盯着我们。"

"还有一群从海上来的干掉阿卡的家伙……"我的话突然顿住了。

"这不合理。"我轻声说。

"嗯？"弥和抬起头。

"假如云州军火设了那个局，不，不管是谁设了那个局，他都没办法保证夫人会被那张图纸杀死。因为夫人自己不是古言师，她不会去看那张图，也不会突发奇想把那些读不懂的段落盖起来看。她是夫人，不是好奇的小姑娘，也不是闲着无聊琢磨图纸的学者。"

"你是说……"

我深深吸了口气："不管是谁设计了那个局，如果他要确保夫人被杀死，就得确保在夫人身边有一个人给她看那张蓝图，而且提醒她把看不懂的地方盖起来。"

夫人身边有很多人，但是亲信并不多。我可以举出一百个可能的人选，或者两百个，但是最合理的只有一个人——那个自始至终和我们一起在这个局里，把水搅得越来越混的家伙。

我轻轻拿起写着"狄兰"字样的纸条，放在"敌方"区域里最靠近目标的地方。

"他不懂古语，怎么利用那张蓝图？"弥和提出异议。

我摇摇头："他不需要懂，那张蓝图不是靠文字传达的含义杀人，而是靠那些线条和笔画拼成的图案来杀人。他只需要知道怎么用，不需要知道是什么内容。如果这次的事情是他策划的话，那么很多问题都可以解释了——他需要我们给他顶缸，而且还需要我身为古言师的名声来让夫人相信那蓝图很重要。什么见鬼的黄金时代的芯片幽灵……我猜，他可能是偶然发现了那个数据站和这套杀人的蓝图，然后把它织进自己的计划里，也许他和云州军火合作了，也许没有……但这些事情绕不过他，这是肯定的。"

"杀掉夫人对他有什么好处？"

"夫人几乎足不出户。"我轻轻弹了一下那张纸片，"她大部分的生意都交给狄兰打理。如果她死了，这些生意直接会落到狄兰手里，他甚至可能直接打点市议会，让自己成为红城的统治者。"

"听起来不错。"弥和指出，"但是我们没有证据，也拿他没办法。"

的确，我们没有任何证据。这些都只是推测。而且，就算真的是狄兰干的，我们能拿他怎么样？

我攥着拳头，深深感到自己的无力。我希望自己能够强大一点，但是遇到狄兰这样的对手……古言师又能算得了什么？

我灵光一闪。

"他不是古言师。"我喃喃道。

弥和看着我。

我抬起头专注地盯着她黑亮的眼睛。

"你愿不愿意和我一起，为凯拉冒一次险？"我问。

8

"你确定他真能上钩？"弥和一边嘟囔着，一边帮我把那个东西粘在头发里。胶水弄得我很痒，但是我只关心它能不能粘得牢。

"我不确定。"我轻声说，"但是我有个要求，弥和，你千万不要听我对狄兰说的话。"

"喔？"

"我会对他用古言师的咒语。"我说。

下午四点，整个红城已经开始大搜捕，几乎想要把城市翻过来抖三抖，让我们掉出来一样。我希望凯拉还活着，或者说，我希望狄兰还留着凯拉的命。

他最好别伤害凯拉。

我和弥和找了一间废弃的公寓，一番忙碌之后准备妥当，弥和走到门口去警戒，而我拨通了狄兰的密线电话号码。

当他知道是我的时候，立刻想要喊人。

"狄兰！"我厉声叫他的名字。

他的动作停了下来。

言语拥有力量，有一种力量可以透过声调直击意识，我曾经学习过这种力量。谢天谢地，我还没有忘记这个技巧。

"我要和你谈一笔交易。"我飞快地说，快到让他来不及思考或者打断我，"不要指控，不要提出问题，不要喊叫，狄兰，我要和你谈一笔交易，关于蓝图，以及凯拉。"

他的脸色阴沉了下来。"你的蓝图杀死了夫人。"他说。

"那不是我要和你谈的事情。"我挥了挥手，仿佛夫人的死根本不值一提，"我有我的筹码，狄兰，我知道蓝图上'0号古语'里真正的信息。"

他嗤之以鼻："就算是古言师也没法从那些乱码里解读出东西来。你还要撒多少谎言，夏歌？"

我微笑。

"古言师当然无法解读，但我不是古言师，我根本不需要解读。"我说。

我伸手撩起额前的头发，让他看到我额角上的弧形芯片。然后放下头发，让自己脸上的轻蔑表露无遗："你发现数据站的时候就该知道，那张蓝图并不只是用来杀人，我们是真实存在的——居住在芯片里，寄生在人类身上。我知道如何上传头脑，我知道如何永生，因为我自己就是黄金时代的幽灵。我的秘密就是我的筹码，狄兰，而我愿意拿它来交换那个叫凯拉的男人。"

他看着我。

"我对你的永生不感兴趣。"最终，他回答。

进入讨价还价的阶段了。

"你会感兴趣的。"我微笑，"你可以拥有红城三十年？四十年？你会老，会变蠢，会咳嗽、脱发、弯腰驼背、牙齿脱落……到那个时候你会后悔没有和我做这笔交易。把凯拉带给我，我要他完整的，好好儿的，然后我会把永生给你。"

狄兰皱起嘴唇："一个黄金时代的古老幽灵为什么想要一个毫无价值的瘫痪男人？"

我保持着微笑，交叉手指。

"一个拥有战团神经交互技术的男人。"我更正道，"现在唯一拥有神经交互和数字化上传技术的地方就是机甲战团。他们不太喜欢我，但是还好，我找到了凯拉。"

狄兰看着我，若有所思。

"把凯拉带给我。"我重复道，让力量缓缓渗入自己的声音，"然后，我把永生的技术给你。一个交易。"

狄兰笑了，那是残忍的笑容。

"我可以逮住你。"他说，"然后从你的嘴里把秘密撬出来。"

"我会在那之前把自己的脑袋轰飞的。"我冷笑着回应，轻轻敲了敲自己的额角，"这只是一具皮囊，狄兰，一具皮囊。我有很多自己的拷贝芯片，待在很多安全的地方。如果你不做这个交易，我会和别人做交易。到那时候，你就不得不等在某个地方，等着不知道来自什么地方的枪把你的屁股轰成筛子。我需要凯拉，但是这并不意味着我必须向你购买这个人。"

狄兰的眼神陡然阴鸷起来。

"你打算在哪儿做这笔交易？"最终，他这样问。

我和弥和找到的这个暂时容身之处曾经属于一些年轻飞车党。屋子大而空旷，墙壁上满是张牙舞爪的喷漆和涂鸦，大部分窗子都被水泥和碎砖封了起来，狄兰和他的手下如果想进来的话，就只能穿过唯一的一条走廊。

眼下，弥和正趴在天花板上面的暗格里，向下看着那扇敞开的门，我坐在一堆炸药上，无聊地摆动着两只脚。

说实话，这种烈性炸药坐起来真的很硌屁股。

走廊里传来脚步声，弥和向我点点头。

他们来了。

我敢打赌，狄兰的手下已经把这栋建筑物围了里三层外三层，但是我不在乎，我在等他们来。

几个身影出现在门口，看到我屁股下面的炸药，他们吓得倒退几步，拼命打着手势。

我把手放在起爆开关上。

"如果你现在起爆的话，会把凯拉一起炸死的。"狄兰冷笑着的声音传来。他果然亲自来了。

我和他说的所有话语里，都渗透着一个重要的暗示，我要他亲自前来，亲自而不是派别的喽啰出现在这个地方，这是我唯一的希望和赌注。感谢巴斯塔德眷顾，他的意志落在了我的罗网里。

凯拉在他身边的轮椅上，昏迷不醒。

他们打了他，很可能不止一次，也许是为了拷问我和弥和的藏身地点？他的脸颊上一片青肿，嘴角还有血迹。我紧张地握着起爆开关，直到看到他微微起伏的胸口，才松了一口气。

"你要的人我带来了。"狄兰冷笑，"我要的东西呢？"

我扬了扬手中的数据盘，它装在一个柔软的透明袋里，某种液体包裹着它。

"液体炸弹。"我淡淡地说，"把凯拉推过来，我才会把它给你，快

243

点，我缺乏耐心，要是掉在地上就不好了。"

这是一次愚蠢的交易。我很清楚。

数据盘到达狄兰手里的那一刻，他毫无疑问会命令那些家伙抓住我们，或者干掉我们。烈性炸药只有用雷管才能起爆，而他们大可以射杀我们，或者索性在外面围着，直到我们自己饿死。

时间刚好，微红的夕阳从高塔后面探出头来，透过房顶上残缺的玻璃，把光和影子投在我背后的墙上，那些复杂的投影落在灰白的墙壁上，一行一行，古语的字符。

每一个人都在看着我，他们并没有注意到墙上那些图画一样的文字，那不重要，古语会悄悄渗透到你的意志里，通过你的眼睛击溃你的头脑。

我等待着。

一个男人推着凯拉的轮椅向我走过来，离我还有一点距离的时候，他用力推了一把，轮椅向我滑过来，被我一把停住。

我把数据盘放在炸药堆顶端，跳下来，拖着凯拉的轮椅，一点点向右侧的门退去，把身后白色的墙壁和夕阳投下来的字迹影子留给那些握着枪的男人。

一个男人跑上去，拿到了数据盘，迅速拆掉了上面的液体炸弹。

我尚未退出房间。

狄兰举起手来，他的手下端起枪来瞄准了我。

他们倒了下去。

无声无息地，一个接一个倒在地上。一个男人在倒下去的时候，痉挛的手指扣动了扳机，子弹偏离了方向，一些打在了地板上，另一些打在了狄兰的身体里。

他的躯体颤抖着、跳动着，然后静寂下来。

其实在被枪射中之前，他就已经死了。

我迅速退出房间，掩上门，听到更多杂乱的脚步声和喊叫声。弥和从天花板上跳下来，和我一起抱起凯拉，我们吃力地爬上梯子，钻进暗格，盖起木板。

过了一会儿，终于有人冲了进来。

也许是太阳的光已经转过了角度，投影在后墙上的文字消失了？我不知道，总之他们发现狄兰死了，而这一笔账毫无疑问又算在了我们头上。

弥和在前面尽可能快地爬行，拖着凯拉的帆布担架，而我在后面推。暗格很狭窄，但是我们必须尽快到达向下的梯子，否则会被发现、抓住，然后杀掉。

喧嚣的人声越来越近。

"都撤出来！"

冷厉的声音响起，似乎是扩音器？但是那不可能，那不可能是……夫人的声音？

"我以红城夫人的名义，命令你们撤出来，死者带走，受伤的送到医院抢救，其余的人回到自己的岗位上去，现在，立刻！"

她的声音带着不可违逆的力量，我听到屋子里那些人敬畏地嘟哝和低语，然后他们相继离开了。

"我知道你们还在这儿。"夫人的声音变得温和了一些，"夏歌，凯拉，弥和。我会在这里等你们十五分钟，如果你们愿意的话，请出来见我，我并无敌意。"

弥和转过头向我打了个手势，飞快地消失在暗格前面的甬道里，过了一会儿，她转了回来。

"是她。"她轻声说，"确实是夫人没错。她带了四个保镖，附近再没有别人。"

怎么办？

我轻轻吐出一口气。我们终究需要夫人，她的庇护和她的医院。凯拉伤成这样，急需治疗，而我们如果逃离红城，又能躲到哪儿去？

我曾经信任夫人，如今或许也可以。

"再赌一次吧。"我轻声说，"我带凯拉下去，你从暗道走。"

这样，就算夫人有恶意，我们不至于全军覆没。

弥和点了点头。

我背着凯拉走出公寓的时候，隐约感觉到周围有注视的眼睛，但是没有恶意的枪口，也没有威胁和恐吓。

夫人靠在她的飞车旁微笑着看着我，她今天穿了一身红色的猎装，长裤和短夹克勾勒出她曼妙的身材。

"Nia ta le,Doma。"（上车吧，伙伴。）她用第一古语说。

我松了口气，笑着回应她骄傲明亮的笑脸。

"Kana adlu,Viya。"（不胜荣幸，女王。）

尾声

我们搬到了夫人的城堡外围，一间干净明亮的公寓里，仍然是顶楼，弥和喜欢种花，而我喜欢敞亮的天台和开阔的天空。

有些时候，夫人会开着飞车直接落在我们家的天台上，这像是一种恩宠，一种殊荣……

或者，用废土上很稀有的一个词来说，是一种信任。

"他们说我足不出户。"那天深夜，她和我一起漫步在天台上的花丛间，轻轻笑着，"那些人很喜欢把我想象成一个深宫里的女王，总觉得可以从我手里拿到权力——我喜欢让他们那么想。这样很有好处，尤其是有人想要算计你的时候，让他们略微低估你也无妨。"

我只是笑笑。

"我没真的信任过狄兰。"她的语气突然变得有些低落，"我不信任我身边的任何人，事实证明这是对的，因此我能够活下来。但有时候我希望我能信任一些人。说到这个，你从未怀疑过凯拉，不是吗？"

我心里一紧。

"你始终认为他是被抓走的，而不是……和狄兰同流合污。你信任他，而事实证明你是对的。"夫人——红城高高在上的女王，此刻显得如此落寞，"有时候我会想，你是如何找到一个你可以信任的人，并且有勇气全心全意地信任他的？"

"也许……"我看着她俏丽骄傲的侧脸，"如果我是你的话，我也没法信任任何人。"

"啊，也许吧……"她突然笑了起来，转过头专注地看着我，一长串的独白从她的唇间吐出来，那是古老的语言，古老得不能再古老，穿过漫长的时光，仿佛丝棉般盘绕在夜色里。

我听得懂那语言，但是我无力回应她。她在说她自己，说她的过去，说她的现在，说她的真名和她的渴望。她告诉我那些我已经知道的秘密，但是却用另一种方式在反复地讲述。

"wa sa vuta ti mi。"（我想回到从前。）她最终这样说。

"Nie sus, Viya。"（那是不可能的，女王。）我回答。

最终，她跳上飞车离去，而我目送她消失在夜色里。

抬起手指，我轻轻摸了摸后脑，那里有一块坚硬光滑的皮肤，一处旧伤痕，隐隐提醒着我关于黄金时代的旧事。

可怜的狄兰，他并不知道，芯片不是挂在头顶的，而是埋在头骨深处……

我笑笑，走回卧室，凯拉已经睡熟了，我爬上床抱住他，滑入自己安宁的梦里。

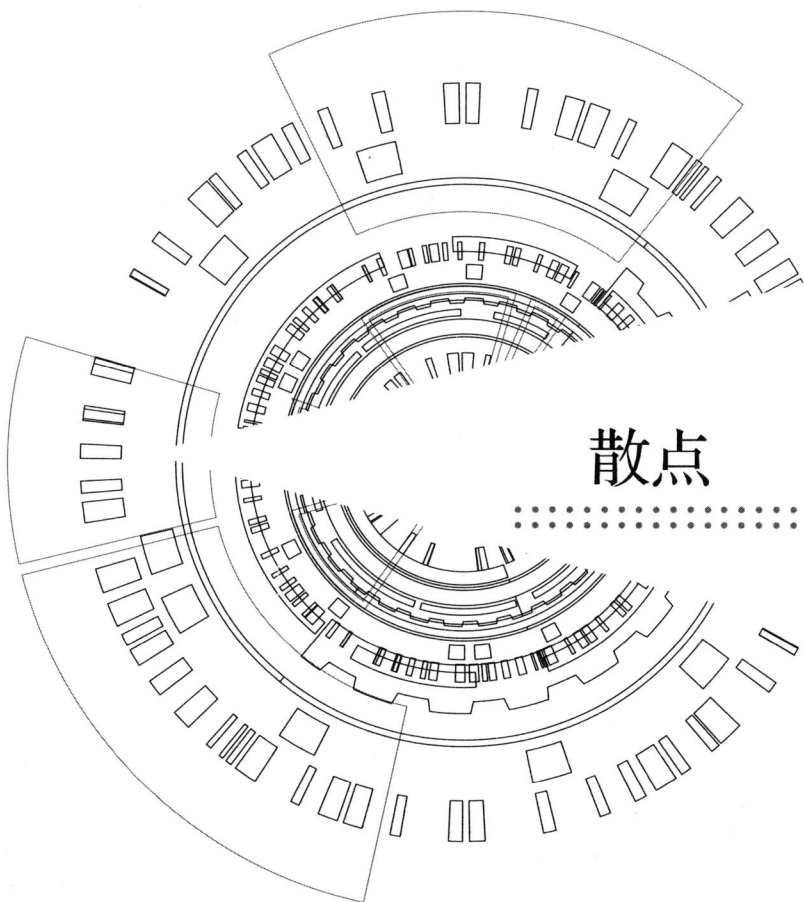

散点

你有一只手机。

你用它听音乐，用它玩游戏，用它打电话、发短信、写电子邮件。你还有一只运动腕表，一副谷歌眼镜。你家里有一台二十四小时联网的电脑，你的车里有GPS全球定位系统。

你永远在线。

你在走路时查询店铺信息，在出行时上网购物，在开车的时候和你的老板打网络视频电话。你最痛恨的就是那些要求关闭手机的场合，那就像是对你进行了一次精神上的截肢。你还觉得一次只能专注于一件事实在太令人难以忍受了。你刷了微博就忘记了工作，你开始打游戏就没法思考该如何安排下个月的相亲计划。

人类在这方面实在是一无是处，就连你的台式机都在嘲笑你。它很擅长多任务处理，比你更擅长。

他们说，开车时打电话的危害更甚于饮酒，你是相信的。于是你在车内装了语音系统，双手不用离开方向盘也能上网聊天。

你发誓你没看到那头牛。

当时你正开着车在高速上疾驰，任何牛都不该获得在此地上路的牌照。但那头牛显然知道该如何越过公路两旁的障碍。它悠闲地穿过呼啸的车流，而你当时正在用语音视频跟你的老妈争论你的婚姻大事。

然后你就撞上了那头牛。它高高飞起的瞬间，你脑子里蹦出来的第一个念头：是谁允许牛上路的——

然后它就砸了下来。

你醒来时已经躺在了医院里，生死一线，苦苦挣扎。医生们多次会诊，给你的脑外伤发明了一系列的新名词。起初你四肢抽搐，奄奄一息，后来你顽强地活了下来，甚至渐渐恢复健康，觉得自己开始焕然一新。

医生们围着你团团乱转，兴奋劲儿堪比闹市里的人们围观那头骑着单车出现的熊。他们向你解释了为什么你居然没看到那头牛，因为你的注意力在别处，于是你的头脑拒绝认知。他们说这叫选择性失明，他们说有百分之五十的交通事故源于此。

但那显然不是他们对你感兴趣的原因。他们更感兴趣的是你的脑部损伤。你参加了很多康复治疗，还有许多的实验。你提出条件，要求拿回自己的手机，还有一切心爱的电子设备。他们说好的，那些东西有助于你恢复认知功能。

那天你听着音乐玩着电脑的时候医生走了进来，你一边听他讲话一边打游戏，一边和Siri（苹果智能语音助手）聊天一边心算这次住院的账单。你告诉他你快没钱了，抬头才发现这家伙如同发现新大陆一样盯着你的脸。

在一系列的测试后，这老家伙宣布你的医疗费和接下来两年的生活费，他全包了。

他们说你因祸得福。

在你的大脑中有个小小的部位，一小簇脑细胞，就是让你集中注意力给老妈打电话却无视了那头牛的那部分脑细胞，在车祸中受到了损伤。于是枷锁被打开了，你挣脱了桎梏，你成了人类历史上第一个能够多线程思考的个体，而且再也不会无视眼前的牛、大猩猩或者是随便什么科学家们用来测试选择性失明的玩意儿。

你眼观六路，耳听八方。

起初，思想还受到感官的限制，你只能处理看到的、听到的和触摸到的事物。后来你开始学习心算和头脑规划，你发觉自己可以同时处理数个不同来源的信息，一并思考六个或者七个不同的问题。再多了会头疼。

但目前取得的进展已经足够让你的医生们欣喜若狂。他们把这一小簇脑细胞叫作"散点"。对它只需要用电场稍加抑制，人们就能够一心二用。虽然不及你的多线程处理，但是毕竟不用在脑袋里动刀子。

相关的设备在短短一两年间便通过了医学检验，相继上市。散点头盔、散点发环……多任务思考迅速成了一种风尚。数字证明，接受散点治疗的人工作效率会上升百分之五十，驾车意外事故会降低百分之五十。有人甚至研制出一种半眼视屏，使得人们戴着眼镜就可以同时处理四个不同视窗的信息。医生们成立的散点公司大发横财，你在其中有百分之五的股份，很快它们就成了花不完的钱。有些激进分子甚至通过手术切除散点使自己获得多线程思考的能力，声称这是人类战胜机器智能的唯一途径。

与此同时，你却在慢慢康复。

大脑是非常有韧性而且异常顽固的。它习惯了一次只处理一件事情，也习惯了修复损伤。你的伤势正在痊愈，你的能力也在飞快地消失。

发现自己要聚精会神才能阅读的时候，你觉得自己仿佛跌下了凡尘。

过去你在网络与信息间畅游如同神祇，如今你觉得自己沉重如泥土，坚硬如顽石。医生们试图重新抑制你的大脑散点，但他们的努力徒劳无功。大脑本身已经生成了替代功能。

这很好理解。盲人有敏锐的触觉。肾病患者在切除一边的肾脏后，另一边的肾脏会增大。我们的身体在进化中获得了弥补缺失的能力，你的头脑重组了注意力，而医生们尚未找到新生成的散点的位置。他们一边开视频会议一边争论，一边阅读资料一边设计治疗方案，而你却已经开始学着接受现实。

在失去专注能力数年后，你再一次体会到它的好处。更鲜明的颜色，更浓烈的气味，更深刻的体验，以及更激烈的情感。你觉得自己正在从铺天盖地的信息迷雾中抽身而退，一点一滴地在单线程的世界里重生。

你卖掉股票，关了手机，隐身于喧嚣的城市。你坐在路边看人们飞快奔走，多线程的灵魂散佚向四面八方。在一段时间的无聊后，你加入了一个抵制散点治疗的组织。他们得知你是第一个散点人后，把你抬起来丢进了游泳池，在大笑声里为你主持了一个湿漉漉的洗礼。你甚至还遇到了一个姑娘，与她享受了一段激烈而专注的爱情。

另一个散点人就没这么幸运了。

他是第一批接受散点治疗的人。他能够多线程思考，而且这样生活也已经数年。和你不同的是，他一直抑制自己的散点，他的头脑没有机会自我修复。

在清理自家的泳池时，这位仁兄不慎割伤了自己的手腕，大量出血。

他同时做了四件事：给自己拍照上传社交网络、向老板请假、查询破伤风预防措施，以及给妻子发邮件抱怨那把过于锋利的泥铲。

唯独忘记了给自己止血，也没有呼叫救护车。

急救人员赶到时早已回天乏术，他死于失血过多，或者说，死于错误的多线程任务分配。他是第一个死于散点效应的人，但并不是最后一个。

人们渐渐发现，在接受散点抑制或者切除散点数年后，这些散点人渐渐无法分清轻重缓急，也不能意识到何为生死攸关。他们中有些人死于急性阑尾炎，只是因为老板告诉他们"要优先完成工作"；有些在灾难中忙于拍照和好友分享，却忘记躲避飞来横祸；在战场上，接受过散点治疗的士兵在同时处理多个问题的情况下，会忘记在炮弹飞来的时候跳进战壕；很多散点人死于火灾，其中一人在被烧死前正在试图申报火灾保险单。

选择性失明不复存在。现在的问题是选择性失忆。在多线程的压力下，头脑开始忘记那些真正重要的问题。

你找到自己从前的医生重启散点研究。散点公司的股票早已一落千丈，幸好你卖出的时候它们仍在高点。

这是进化留给我们的问题。医生说。

散点，现在重新被命名为"意识聚焦中心"，它的真正功能，是用来衡量"必需"和"更多"。

当你有必须要做的事情的时候，比如流血的伤口、迎面而来的卡车、着火的房子、暴跳如雷的老板和下个月的房租，它就聚集起你的注意力来应对。而当你想要"更多"的时候，前提是你的"必需"已经被满足了，于是你的注意力就会四散而去，在你的周围寻找更多的信息、更多的可能性、更多的变化和更多的资源。

在剥除散点的时候，这种判断力也一并被剥除了。

起初这种变化并不明显，生活有着巨大的习惯动力。你习惯了按时上班，习惯了按时用餐，习惯了过去的记忆留给你的优先级。但是这种记忆会被渐渐磨蚀，最终你开始不停地追逐信息、知识、可能性和更多的事件，却忘记了生存本身。

大脑有一些替代方案，但都不够完善。最常见的，在非必需状态下做事的办法，就是提供即时奖励。在游戏里完成的任务会提供你一些好东西，刷社交网络时不断出现的新信息使你获得追赶上这个世界变化的满足感，或者一份日薪或时薪工作都能够让你开始行动起来。但这一切的关键在于"得到"。你想要得到反馈，所以你拍照分享。你想要得到赔偿，于是你开始填报保险单。但是你无法意识到流血的手臂、飞来的炸弹和着火的身体，这些都是"失去"，它联结着"必需"的部分，早已和散点一并被彻底切除。

于是你重拾游戏工程师的旧业，编写程序，设计软件，提供给每一个散点人。这个程序把生活当成一个游戏，你按时吃饭，恭喜，你赢得了本日的健康。你处理了自己流血的伤口，恭喜，你赢得了今天的生命。

这个软件无法提供注意力本身，但是它把"必需"转化为"更多"，帮助散点人分清楚轻重缓急的次序，厘清生活中的优先级。

有些人摘掉头环，像你一样开始恢复。

但很多散点人宁愿停留在那里，接受程序的指挥而活下去，怀抱他们散佚到四面八方的意志，做一具无所不能的活尸体。对注意力的损害可以修复，但那不是问题，问题只在于他们想要更多的信息、更多的知识、更多的反馈、更多的游戏、更多的音乐、更多的金钱……他们觉得一份生命并不足够，他们想要四个或者五个自我，齐头并进、一路狂奔。

——究竟要多少东西才能填满欲望本身？

在你的余生里，你偶尔会思考这个问题。但大部分时候，你只是随便找本书，窝进沙发里，一心一意地，读下去。

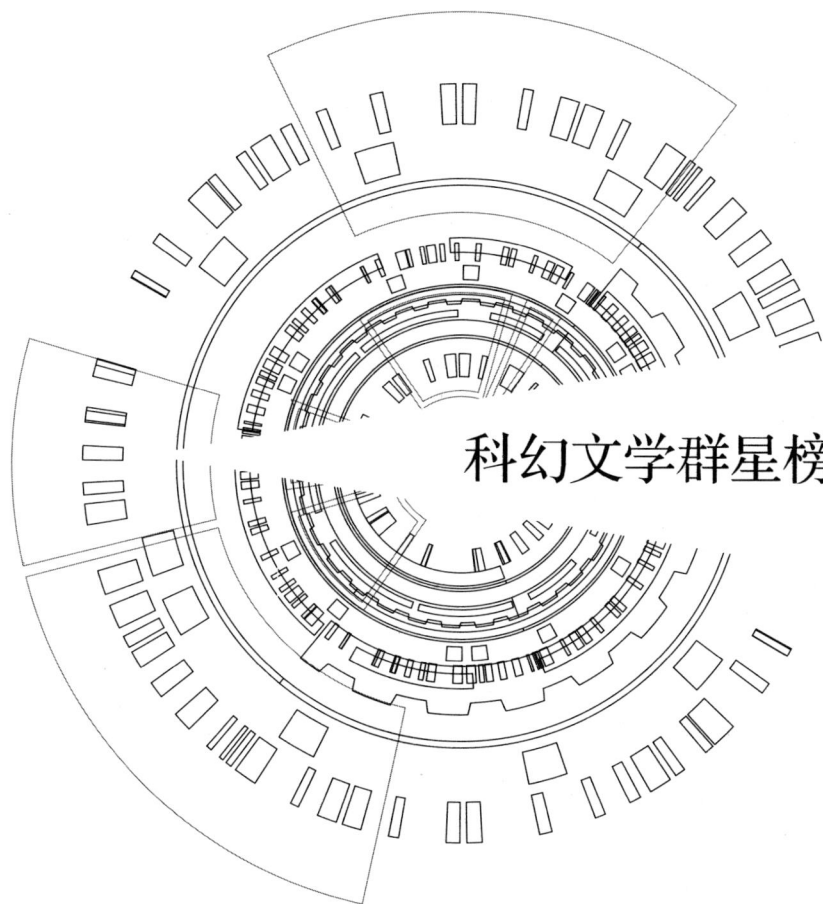

科幻文学群星榜

Sci-Fi

序号	作者	书名
1	郑文光	侏罗纪
2	萧建亨	梦
3	刘兴诗	美洲来的哥伦布
4	童恩正	在时间的铅幕后面
5	张静	K 星寻父探险记
6	程嘉梓	古星图之谜
7	金涛	月光岛
8	王晋康	生死平衡
9	刘慈欣	纤维
10	潘家铮	子虚峡大坝兴亡记
11	韩松	青春的跌宕
12	星河	白令桥横
13	凌晨	猫
14	何夕	异域
15	杨鹏	校园三剑客
16	杨平	神经冒险
17	刘维佳	使命：拯救人类
18	潘海天	饿塔
19	拉拉	永不消逝的电波
20	赵海虹	月涌大江流
21	江波	自由战士
22	宝树	人人都爱查尔斯
23	罗隆翔	朕是猫
24	陈楸帆	动物观察者
25	张冉	灰城
26	梁清散	欢迎光临烤肉星
27	七月	撬动世界的人于此长眠
28	杨晚晴	天上的风
29	飞氘	讲故事的机器人
30	程婧波	第七种可能
31	万象峰年	点亮时间的人
32	长铗	674 号公路
33	迟卉	蛹唱
34	顾适	为了生命的诗与远方
35	陈茜	量产超人
36	刘洋	单孔衍射
37	双翅目	智能的面具
38	石黑曜	仿生屋
39	阿缺	收割童年
40	王诺诺	故乡明
41	孙望路	重燃
42	滕野	回归原点